U0652305

当值神明

[日]青山美智子 著　吕灵芝 译

湖南文艺出版社
HUNAN LITERATURE AND ART PUBLISHING HOUSE

博集天卷
CS·BOOKY

Tadaima
Kamisam
Touban

［目录］

一番

水原咲良

（白领）

我坐在桌子一角默默地想——什么时候才能轮到我啊。

杯里的冰块化了一半，颜色和味道都被冲淡的黑醋栗苏打酒一点都不好喝。尽管如此，它依旧是我此时此刻唯一的伙伴。就好像有了这杯满是冷凝水珠的酒，我才有资格坐在这里。

居酒屋播放着流行的 J-POP（日本流行音乐）旋律，大家都在有说有笑。大笑的，吵闹的，不认识的人。我为什么会坐在这里？我像看电视一般注视着眼前的光景，仿佛只有我被割离了这个世界。

每次都这样。快乐的事情总会片刻不停地从我面前离开。

难得接到联谊的邀请，我没有及时发现自己只是凑数的。当初我就不该答应现在只在社交网络上有联系的短大同学。叫我过来的人是梨惠，毕业后已经三年未见了。她变得特别漂亮，别的女生也都打扮得花枝招展，好像只有我格格不入。第二次换座位时坐到我旁边的眼镜男始终朝对面的女生倾斜着身体。

我想起去年夏天，由衣说"下次就轮到咲良了"。我还记得自己接到的那束捧花。当时我之所以能由衷地感慨由衣穿婚纱真漂亮，是因为我还有男朋友。然而三个月后，那个男朋友甩了我。

唯一能安慰我的就是我最爱的偶像团体"立方体"，然而他们的演唱会门票特别难抽。有一次我在用来当树洞的账号上抱怨这件事，一个不认识的人在底下评论："希望你下次能抽中。"下次。下次是什么时候？上次、上上次、再上次，我都没抽中。那些欧皇[1]总是能抽中，运气却总轮不到我。不仅如此，我还没赶上新专辑的预约，现在实体店和网店都买不到首发限量版了。

我对已经有点发干的金枪鱼刺身伸出筷子，负责组织的男生突然高声说道："现在是最后一次换座位时间！"男生开始挨个儿挪位置，一个手拿扎杯、身穿条纹衫的男生坐到了我身旁。

"呃，你是水木小姐？"

"是水原。"

"你是设计师吧，好酷哦。"

我含糊地笑了笑，把金枪鱼塞进嘴里。其实我在印刷公司上班，干的是行政。刚才做自我介绍时，我说"那是一间制作产品图册和海报的公司"，他可能理解错了。这证明他对我不怎么感兴趣。反正我跟这个人不会再见面，没什么好纠正的，所以我啜了一口黑醋栗苏打酒。何况我连他的姓名和职业都想不起来，不是更过分吗。

---

[1] 欧皇：网络用语，指在抽奖、抽卡之类活动中经常能抽中的人。——译者注（如无特别说明，本书注释均为译者注）

条纹衫正发愁跟我聊不下去，他对面的女生开口道："要吃甜点的举手！"我转过头去，她递给我菜单，笑着说："要看吗？"

这个女生留着顺滑的短发，眼神特别清澈，看起来很聪明。我跟条纹衫还有那个女孩一道打量起了菜单。

这家居酒屋的甜点种类还挺丰富，恐怕是为了吸引女孩子过来聚会。手绘的菜单上有一页的标题是"公主天堂"，底下展示了许多甜品的照片。白雪公主的苹果意式冰激凌，灰姑娘的南瓜布丁，小美人鱼的冰激凌苏打。

菜单上还有白马王子和公主莫名浪漫的插图，估计是不知从哪儿找到的免费素材。

看着那个插图，短头发的女生喃喃自语道："真好啊，肯定能把她带到很远的地方去吧。"

条纹衫笑了。

"原来你还憧憬白马王子啊。"

女生摇摇头，满不在乎地说："我才不想要王子，只想要那匹白马。"

翌日早晨，我走在去公交车站的路上，回想着她的话。

相比那场联谊上的四个男人，她给我的印象反倒最深刻。

她说想要那匹白马。为什么呢？马应该很麻烦吧。养了又没什么用，还要反过来照顾它。

如果想去远方，乘白马王子的顺风马不是一举两得吗？

我在联谊上非但没有遇到王子，还没有任何人问我要联系方式。结束后连邀请我的梨惠都没来说声再见，而是跟一个男人肩并肩匆匆走向车站了。当然，我也没对任何人打招呼。

"……能不能有点开心的事啊。"

我喃喃自语道。不知不觉，那句话好像成了我的口头禅。四月上旬的清晨，阳光透过春日的薄雾倾洒在大地上，显得有些慵懒。

上班的巴士早班时段每十五分钟有一趟，写着"坂下"的圆形站牌下方是长方形的时刻表，再下面是酷似布丁的梯形水泥墩。我每天都在这个孤零零矗立在路边的老式站牌下坐巴士到电车站，再转电车去上班。"坂下"是这里的地名，而上一站通往这里的道路的确是一段和缓的长坡。

今早我是第一个到的。这里每天都有五个人乘七点二十三分的那趟车。

除我之外，平时在这里乘车的人有一个长相普通的男高中生、穿深色西装的中年人、不知从哪个国家来的焦糖色头发的外国男人，还有一个小学女生。

这天的早晨跟平时没什么两样，我肯定跟平时一样工作，再结束这个跟平时一样的日子……这种生活，究竟要持续到什么时候？

我叹息着垂下头，突然注意到站牌的水泥墩上立着一个貌似CD（光盘）盒的物体。

"——！"

我忍不住蹲下了身子。

这是立方体的新专辑，还是首发限量版。我到处都买不到的东西。再怎么找也只能找到黄牛以三倍价格出售，害我不得不放弃的宝贵的专辑。

CD 盒一角贴着便笺，有人用记号笔在上面草草写了"失物"两个字。

我感到心跳加快了。

丢东西的人是经常在这个车站坐车的人吗？还是会从这条路走过的行人？不管是谁，那个人一定找得很着急吧。失主可能万万没想到，丢失的专辑竟会被放在这种地方。

我看了看四周。

没有人。站在路上的，只有我和这块站牌。

我就看看……就……就摸一把。

我小心翼翼地把手伸向 CD。还是没拆封的。

"……太走运了。"

这句话脱口而出。

没错，太走运了。把这句话说出来后，我觉得这一定是好不容易轮到我头上的好运。

我突然觉得，自己也有了让"快乐"主动找上门的体质。自从乐队出道，我已经粉了他们五年。这也许是立方体给我的礼物啊。

这可能是他们在安慰我抢不到演唱会门票的忧伤啊。

平时一起乘车的男高中生从马路对面走了过来。

我飞快地把 CD 塞进包里,若无其事地看向了巴士开过来的方向。

工作还是那么无聊又烦人,因为古村部长临时给我派活儿,我的午休时间被迫缩短了。这个上司总是一副臭脸,说话阴阳怪气,真的特别讨厌。下班的电车上没有座位,超市的盒饭都卖完了,只剩下海苔饭。我回到从短大时期就一个人居住的出租屋,对空无一人的房间说了声"我回来啦"。尽管每天都差不多,但今天的我有点不一样。因为我的包里装着一份"快乐"。

首发限量版送了新歌的 MV(音乐短片),还有特制的小册子和官方贴纸。

我飞快地扒拉完海苔饭,开始欣赏 MV。

乐队六名成员中,我的推[1]是葛原达彦,也就是昵称为"小达"的小虎牙男生。他今年二十一岁,比我小两岁,笑起来特别天真可爱。

我突然感到胸口一阵刺痛。

这个首发限量版的失主是谁的推呢。要不明天还是把它放回原

---

[1] 推:日本流行语,主要用于偶像和演员,指自己喜欢、想推荐给别人的人。

处吧。可是我已经拆封了……

我晃了晃思绪纷乱的脑袋，去洗了澡，然后捧着小册子躺在了床上。我很希望自己能在梦中见到小达，但愿望并没有实现。

一成不变的清晨……事情，本该如此。

我被一成不变的刺耳的闹钟声吵醒，睡眼惺忪地伸手摸索闹钟。

突然，我发现手臂内侧有一片黑色，疑惑地"嗯"了一声，转过手来撩起了睡衣的七分袖。

小臂内侧竟有几个几乎要溢出来的硕大文字。

当值神明

"……这是什么啊?!"

我吓得一跃而起,定定地注视着手臂。大号加粗的"当值神明"四个字像被印刷在了柔软的皮肤表面。

"讨厌!"

我用手掌使劲搓了几下,字迹一点都没有消失。

谁干的? 我四下环顾,但是十平方米出头的一居室里只有我一个人。再说,"当值神明"是什么意思啊?

我坐在床上,面朝墙壁陷入茫然,却听见背后传来一个沙哑的声音。

"当班的,找到你啦!"

我猛地回头,发现一个笑眯眯的陌生老头端坐在床上。

"啊!"

我尖叫着抓起枕头砸过去，紧接着又抓起能摸到的东西使劲扔过去。布娃娃、纸巾盒、没看完的漫画……等我抓起闹钟时，老头说话了。

"哇，那个砸到会很痛哦！"

我停下动作，诧异地看着老头。

这老头又瘦又小，额头到头顶都是光秃秃的，脑袋两侧却长着乱蓬蓬的白毛。他穿着一套貌似初中生运动服的暗红色配白镶边套装，光着两只脚。

老头皱巴巴的脸上满是笑意，虽然不至于弱不禁风，但也谈不上强壮，感觉就是个自来熟的老头子。难道老妈从老家派了个亲戚过来？那边有这样的老头吗？

"呃……您哪位啊？"

我姑且用了敬称。老头笑眯眯地指着自己的胸口。

"我？我是神明。"

"……哈？"

我伸出颤抖的手，抓起了床头柜上的电话。

这人不是亲戚。这人有问题。我得报警。虽说是瘦弱的老人，但这也是陌生男子擅闯独居女性的家。他还在我手上乱涂乱画。

突然，我注意到了床头柜上的 CD 机。

立方体的专辑不见了。我放在 CD 机旁边的专辑不见了。这么一看，枕边的小册子也不见了。

"小……小偷！"

我大喊一声，老头却咧嘴一笑，抬手指着我。

……对了。

我才是小偷。原来CD是老头的吗？他是来拿回去的吗？

"对不起……我还给您。"

我端坐在床上，向他低头道歉。警察来了会惹麻烦的是我才对。

老头歪头注视着我。

"实现我一个愿望吧。"

愿望？

我听了一愣，老头继续道："哄我开心。"

"……啊？"

"哄我开心啊。咲良得哄我开心！"

老头紧握着双手左右挥舞，竟开始磨人了。他甚至知道我叫什么。太可怕了。

"我……我凭什么要……"

见我表情僵硬，老头又是咧嘴一笑。

"因为我是神明啊。"

"……"

"……"

……不可理喻。

我重新拿起了手机。还是报警吧。无论怎么想，这老头都比捡走他人失物的我更危险。我只是暂时保管了 CD，以免让别人捡走高价变卖。就是这样没错。

"要是你不哄我开心，就得一直当班哦。"老头指着我的手臂说，"轮班不结束，那个就不会消失哦。"

他说什么呢？我没有理睬，打开电话界面准备报警。

"我就一直等在这里，直到你哄我开心了。"

我刚按了两个一，老头就说了这句话，接着"啪"地变成了小小的勾玉。

我吓了一跳，手机掉在地上，那勾玉竟猛地钻进了我抓着手机的左手掌心。我感到左臂一阵发痒，但很快就没有感觉了。

"……骗人的吧。"

我吓出了一身冷汗。究竟发生什么事了？

我惊愕地环视整个房间。

这个一居室只有我一个人，窗帘和家具都跟昨晚睡觉前一模一样。外面传来麻雀的啁啾，还是一成不变的早晨。

只不过，我的左手多了个神明。

神明看似不见了踪影，但是后来却苦了我。

沐浴露和卸妆油都擦不掉"当值神明"几个大字。我本来还想穿上个星期新买的七分袖上衣，现在为了遮盖手臂上的字，只能选了一件严严实实的长袖衫。

更让我惊讶的是，等我好不容易打起精神准备化妆，左手自作主张地拉开了洗手池的抽屉，还擅自拆开药妆店送的口红小样，朝我嘴上抹了过来。那是带珠光的暗粉色口红，虽然很好看，但我觉得太夸张了。

我试图用右手擦掉口红，却被强有力的左手阻止了。看来我违背不了神明。

没办法，我只好顶着浓艳的口红出门了。今天有点闷，甚至能称得上热了。因为穿了厚实的长袖，我稍微快走两步就开始出汗了。

唉，好烦。手上的文字不消失，我岂不是一直都不能穿短袖。而且左手还会自己动，让我不得不担心神明下一刻准备干点什么。

我用手帕擦着汗来到巴士站。等车的还是那几个人，巴士也很快就来了。

车里人还挺多，座位基本被坐满了。刚才在巴士站跟我一起排队的穿深色西装的大叔坐在了仅有的爱心座位上。下一站有个孕妇上车，大叔埋头装睡。这已经成了最近每天都能看见的光景。

突然，我的左手伸向了大叔。

我吓了一跳，但是无法阻止。左手一把抓住大叔的手臂，把他拽了起来。

"你……你干什么！"

大叔瞪着满是血丝的眼睛怒视我，我慌忙小声辩解道："不是我，是……是神明……"

"神明？"

"不是，那个……"

我正不知所措，左手却对孕妇做了个"请"的姿势。

孕妇对我和大叔鞠了一躬。

"谢谢你们。真是太好了，今天我正好有点不舒服。"

被她这么一说，大叔也不好再说话，便扭头抓住了吊环。

巴士到站前，我尴尬得抬不起头来，甚至想中途下车算了。这个神明真是的，竟然做那种胆大妄为的事情，真是太乱来了。刚才有一瞬间，我都觉得要被大叔揍了。

话虽如此，我确实一直很心疼那个站在车上没有人让座的孕妇，也几次想象过一把揪起那个大叔。

我再也没脸见这个大叔了，明天还是搭更早的那班车吧。我正想着，大叔总算到了他下车的站。这是离电车站两站远的地方。

大叔下车时，在我旁边羞涩地嘀咕道："不好意思，刚才我没发现……谢谢你。"

我惊讶地看着大叔。他依旧满脸羞愧，顶着红红的耳朵快步走了下去。

他那身西装又软又塌，应该穿了好多年了。也许只是我误以为他在装睡，实际他真的很累，没有注意到孕妇上车。

大叔刚才对我说出那些话，恐怕比让座还需要勇气吧。

我隔着车窗注视着面无表情向前走的大叔，暗自决定明天还要坐同一时间的巴士。

现在的问题是，我该怎么哄神明开心。

我独自站在公司厕所里洗手，内心烦恼不已。我很想把这当成一场梦，然而事已至此，我不得不承认这是现实。

……这应该是只有我能看见的那种东西吧？

我稍微撩起袖子看了看，由衣正好走了进来。她跟我对上目光，微微一笑。由衣真的好善良好可爱呀。

"嗯？咲良，你手腕是不是脏了？"

原来别人也能看见啊。我连忙放下袖子，盖住了文字。

"啊，嗯。可能是刚才换墨盒不小心蹭到了。"

"哦，刚才是复印了好多张呢。"由衣苦笑着说。

因为古村部长分配了一大堆资料的复印和装订，我和由衣刚才忙活了好久。他九点四十五分才把原件交过来，叫我们务必要赶上十点钟的会议。我觉得公司根本没把我们当人看。

"衣服没脏吧？"

"嗯，没事。"

"太好了。"由衣说完，仔细看了看我的脸，"咲良，这个口红颜色真好看，很适合你。"

"……啊，真的吗？不会很夸张吗？"

"一点都不夸张啊。衬得你表情都明亮了不少，很不错哦。"

由衣亮出一个天使般的微笑，走进了隔间。

我凑近镜子，忍不住笑了起来。

……果然是这样吗，不是我的错觉呢。

其实我也觉得这个颜色很衬我。

洗完澡剪脚指甲时，左手突然痒起来了。我吓了一跳，只见手心冒出勾玉，转眼就变成了神明。

"咲良呀。"神明自来熟地喊了我一声，歪着脖子看向我。他出现得太突然，我确实有点吃惊，但更多是想他总算出现了。我立刻逼近过去。

"喂，你也太过分了吧，怎么擅自做那种事！"

神明不以为意地笑了笑，对我说："因为我是神明啊。"

……无语。

我只能接受命运了。如果不满足神明，手臂上的文字就不会消失，还要被他操纵，这日子可怎么过。

"那你至少别跑到我手上吧，太恶心了。"

神明无视了我的抱怨，双手捧着脸蛋，闭着眼睛摆了个思春少女的造型。

"我好喜欢由衣哦。"

我也喜欢由衣啊。入职后第一个跟我说话的人就是由衣。同期被分配到同一个部门做行政的只有我们两个，所以我们的关系一直很好。

去年听说由衣要结婚，我大吃一惊，但她马上说不会辞职，我瞬间又放心了。我之所以能每天坚持去做那份无聊的工作，都是因为由衣。

"……我也是。能成为朋友的人，只有由衣了。"

说话间，我剪完了脚指甲。铺在地上的报纸上散落了一堆新月形状的碎片。我并没有订报纸，这只是别人主动塞进邮箱里的免费信息报。我把碎片倒进垃圾桶，拍了拍报纸，叠好放在旁边。

"喂，有没有什么开心的事啊？"神明说着，一屁股坐到了床上，就在旁边的我感到了一阵微风。

"嗯……"我难以开口，因为我也不知道。

神明拿起了放在床上的手机。

啊——我来不及阻止，他已经躺下来摆弄手机了。唉，算了，他开心就好。仔细想想，我目前能想到的娱乐也只有玩手机而已。

神明好像很熟悉智能手机的操作。他趴在床上仰着头，玩了两分钟拼图游戏，但是全程半闭着眼，一看就知道很无聊。

他没一会儿就结束了游戏，接着改成仰躺的姿势打开了脸书[1]。我基本上不在那里说话，只看别人的内容。之前被一个关系并不算好的其他部门的前辈发现，我又拒绝不了她的好友申请，有段时间不得不强忍痛苦给她絮絮叨叨的发言内容点赞。现在我都假装最近没怎么打开软件，对她视而不见。本来我的好友就不多，又没有能向他人炫耀的事情，所以不太懂怎么用这个软件。

神明划拉着屏幕，欣赏我的好友们精彩的内容，只说了一句："哼。"

他噘起了嘴。

接着，神明又打开了推特[2]。我的账号没什么偏好，也没有告诉任何人，上面的关注者只有看不懂的自我启迪类 bot[3]。因为嫌麻烦，我甚至没有拉黑那些账号。我也只关注了分享立方体信息的账号和电视剧官方账号，平时发的内容都是牢骚话。神明应该不爱看吧。

"哇，好可爱。"

听见他的感叹，我凑过去，发现是粉丝拍了小达代言的咖喱广告发上来。没想到他竟会对小达有反应。

我从架子上拿了立方体的精选辑，放进 CD 机。

---

[1] 脸书：Facebook，在线社交媒体。——编者注

[2] 推特：Twitter，在线社交媒体。——编者注

[3] bot：网络用语，单词"robot"的缩写，起源于推特，通过程序进行自动发布，目前大多由真人代理，账号运营者只负责发布信息，不输出带有感情色彩的主观评论。——编者注

音乐一开始流淌，神明就下了床，高兴地扭动起来。原来他喜欢立方体吗？

我哼起了自己最喜欢的两年前小达出演的电视剧主题曲，神明也跟着唱了起来。他知道这首曲子啊。不仅知道，连副歌部分的舞蹈都记得分毫不差。

"爱将会环绕地球哟——"

在"哟——"的部分，我们同时举起了拳头。

好……好开心哦……

我不禁期待神明是不是也被哄开心了，忍不住打趣道："唉，如果小达是我男朋友就好了。"

神明抱着胳膊，连连点头。

"那种男人可不好找啊。"

见他接了话，我很高兴地说了下去。

"连演唱会的门票都抽不到。"

神明又一次赞同了我。

"就是啊，都不知道加粉群有什么用。"

"找不到男朋友，见不到小达，连工作都这么没意思，这一天天的，我都要枯萎了。真的好烦！"

我大吼一声，然后回过神来，猛地看向神明。

神明也气鼓鼓的。

"讨厌讨厌，一点都不开心。"

呃，糟糕。不行啊，我得哄他开心。

"有什么好玩的啊？"

神明赌气走向房间角落，拉开了斗柜最高的抽屉。第三层放着我的内衣，于是我不得不阻止道："喂，你又随便乱动……"

"哎，这是什么？"

神明拿出了一个饼干盒。我愣了愣，一时间没认出来。随后，我从他手上接过了盒子。

打开一看，里面装着五颜六色的串珠，还有丝线和搭扣，尖嘴钳和斜口钳也放在里面。

大约半年前，我看见由衣自己做的串珠手链特别好看，就有样学样地买了材料回来。有的串珠乍一看就像真正的珍珠和宝石，只要设计好了，大人戴也很好看。当时我做的手链没好意思给由衣看，所以一直没戴过。

"哇……"神明像孩子一样兴奋地叫道。

"……你要试试吗？"我轻声问。

"嗯！"

神明笑眯眯地走到矮桌前端坐下来。

串珠都保存在百元店买的带隔板的收纳盒里。我之前做了颜色分类，所以看起来整整齐齐的，非常漂亮。只消看着这些五颜六色的珠子，我就觉得心情特别亮丽。

我和神明听着立方体的歌，坐在一起编织手链，不时唱上两句。我们编的手链款式很简单，只需把珠子串在线上就行。挑一颗珠子，轻轻穿线。我以蓝色为基调随意编了一会儿，做出来的手链倒也清新可人。大号玻璃珠与小号绿松石的组合特别漂亮，青蓝色的串珠中间还穿插了几颗透明的切面珠。放在灯下一看，一颗颗串珠晶莹剔透，带来清凉的感觉，让人有点期待夏天的到来。没错，其实我还挺喜欢做这种手工的。系好末端后，我满意地把手链戴在了左手上。

神明正在随机串起黄色、绿色、橙色等看起来像糖果一样的塑料珠，让它们看起来毫无规律。那么多颜色鲜亮的珠子串在一起，竟也十分可爱。这个神明还挺有品位嘛。

见他收尾部分做得有点手忙脚乱，我便伸手接了过来。牢牢系紧丝线，再剪去多余部分就完成了。我把手链戴在神明的左手上，他高兴地举起双手，哇哇大叫。

他很开心呢，太好了。我把线头扔进垃圾桶，突然注意到放在一旁的报纸。

"你对捷克串珠有兴趣吗？"

一篇文章的标题跃入眼帘。

"用历史悠久的捷克串珠亲手制作耳环吧。提供饮料点心。"

那是车站门口的咖啡馆举办的手工活动。还有手工老师现场开讲座。

我坐在地上仔细看那篇文章。神明来到我身后，把脑袋搭在我的肩膀上。

"真好啊，我好想去啊。可是咲良如果不报名，我就去不成呢。"

我并非对这种活动不感兴趣。老实说，我也想去试试。我还是头一回听说捷克串珠这种东西，它长什么样呢？我经常路过举办活动的咖啡馆，那家店外观十分可爱，我也总想进去坐坐。

活动日期是这个星期六。

"啊，但是可能已经预约满了。现在这么晚，也不能打电话到店里问。"

听了我的话，神明躺在地上手舞足蹈起来。

"不要，我想去我想去。哄我开心啊！"

"……可是去这种活动我会紧张啊。"

神明躺着瞪了我一眼，然后指着我说："你的轮班不结束，那个就不会消失哦。"

他又在说我手上的字了。我有点生气，就瞪了回去。这什么神明啊，竟然威胁别人。

"我要去！我要玩捷克串珠！"

神明满地打滚，大喊大叫。这里是二楼，万一楼下来投诉就糟糕了。

"好了好了，明天早上咖啡馆一开，我就打电话问。"

神明猛地停下，嘿嘿笑了。接着，他突然变成勾玉，钻进我的手心里。

我左手腕上除了蓝色的手链，还多出了神明编的彩色手链。

翌日早晨，我给咖啡馆打电话，一个开朗的声音告诉我："还有最后一个名额呢，等你来哦。"我听了很庆幸还有座位，同时又很焦虑自己不得不去了，心情十分复杂。

星期六，神明没有出现，但我手臂上的"当值神明"字样还是那么清晰可见。也许我只要按时参加活动，哄神明开心，就能摆脱这个工作了。

我提心吊胆地走向咖啡馆，一开门就见到了笑脸相迎的店员。店里的座位都被拼在了一起，形成一片很大的空间。

"请在这里稍等片刻。"

我好像来太早了，周围没别的参加者。我坐在最角落的座位上，闲着没事做就摆弄手机，没多久便听见门上的铃铛响了。

我抬头一看，那竟是一张熟悉的脸。

那是那天联谊时说想要白马的白马小姐。白马小姐好像马上认出了我，顿时笑容满面。

"你是咲良，对吧？"

"……嗯。"

好厉害，她还记得我的名字呢。尽管很高兴，但我却不知道白马小姐的名字。意想不到的巧合与尴尬让我不知所措，只能硬挤出笑容。白马小姐竟毫不犹豫地走过来笑着问："我能坐你旁边吗？"

"啊，嗯，请坐。"

白马小姐拉开我旁边的椅子，很自然地跟我聊了起来。比如说，好巧啊。比如说，你就住这附近吗？

白马小姐说她住在一站路外的父母家。她比我年长，去年在网球俱乐部认识了梨惠。听着她说这些话，我独自参加活动的害怕被一扫而空，很快就觉得自己真是来对了。我真该感谢自己鼓起勇气报名。

又过了一会儿，参加者陆续走进了店里。一共有六个人。只有两个是结伴而来的，其他都是独自前来。

老师到店后，手工活动平静地开始了。有的人从头到尾都在埋头自己做，有的人总是笑眯眯地对着老师，结伴而来的两个人聊得十分火热。大家都很放松，使我意识到没有必要紧张。

白马小姐提问很积极，对老师说话的反应也很积极。

我只在她旁边负责点头。首先要用尖嘴钳把铁丝弯曲成环状钩，用于固定串珠。

我边做边想，白马小姐总是很积极，完全不会害怕呢。这种人肯定做什么都很厉害。今天她做出来的耳环一定特别漂亮。要是衬得我做的耳环很丑可怎么办啊。

想着想着，我偷瞄了一眼白马小姐，随即大吃一惊。

……太差了。差得不可救药。

她的铁丝弯成了无比扭曲的形状，让人不禁疑惑怎么会变成这样。

"哇，咲良好厉害哦！究竟怎么做的啊？"

白马小姐看见我的铁丝，瞪大了眼睛。

"啊，呃……先把长的那根弯曲成直角，应该会比较容易。"

"嗯？直角？"

白马小姐拿了一根新的铁丝，皱着眉操作尖嘴钳。

"然后呢？然后呢？"

"然后把短的缠上去……"

"哦哦，做好了！谢谢你。"

白马小姐高兴得两眼发光，连我都跟着开心起来了。

穿好珠子后，还要把另一头也卷起来，把铁丝压平，再用斜口钳剪断。白马小姐特别不会弄这些细小的部位，集中精神苦斗了好一会儿。老实说，她的手太笨了。不过她对每一道工序都充满了惊讶和感动，比那些心灵手巧的人更快乐。

白马小姐做的耳环实在不敢恭维，但她自己特别满意，还专门拿去给老师看了。

好可爱呀。我看着她的背影，这样想道。好羡慕她哦。我又想道。

手工活动结束后，咖啡馆提供了戚风蛋糕和茶饮。

我选了红茶，白马小姐选了咖啡，我们一起吃了蛋糕。她顶着绯红的脸蛋对我说："今天好开心哦。没想到做这种首饰还会用到尖嘴钳。原来很多首饰上都能看到的像戒指一样的小圆圈叫圆环啊。记住了。好高兴。"

白马小姐原来是第一次自己做首饰。我小心翼翼地问道："你为什么会想参加这个活动呢？"

"我看杂志的时候被'历史悠久的捷克串珠'这句话吸引了，觉得好好玩哦。"

就这样。并不是因为喜欢做手工。

活动开始时老师介绍过，捷克串珠的起源是十三世纪的威尼斯玻璃。当时白马小姐听得特别认真。

"咲良你呢？"

"我……想起以前做过串珠手链，就想再试试。"

"是吗，难怪你那么厉害。"

我有点害羞。

"别人比我更厉害啊。"

"啊？"白马小姐正把一口戚风蛋糕送进嘴里，听见我的话便皱起了眉头。

"不用跟别人比啊。"

我愣愣地看着她。

对呀，太有道理了。我在这方面跟别人比什么呢？不对，我并没有跟别人比试的心思，只是早已养成了自我定位、论资排辈的习惯。

"我要戴上试试。"

白马小姐吃完蛋糕后，从包里掏出一块方形小镜子。

"不好意思，能帮我举一下吗？"

我接过镜子对准白马小姐，突然忘记了呼吸。镜子背后竟贴着立方体的贴纸。

"那个，这是……"

等白马小姐戴上耳环后，我指着贴纸问了一句。她开朗地回答道："你说这个？是立方体的贴纸。"

"这是首发限量版的特典[1]吧。"

"哎？咲良也是'骰子'吗？"

因为乐队名称是"立方体"，我们粉丝都自称为"骰子"。这相当于接头暗号了。

"嗯，是的。"

"哇，那你的推是谁？"

"是……小达。"

"啊，小达真好啊，那种纯真的氛围就像精灵一样。我的推是次郎。"

次郎跟小达属于不一样的类型，是那种冷面模特风格的人。全名叫蓣岛次郎，昵称次郎。

---

[1] 特典：指某些特定版本附赠的小礼物。

"没想到世上还有如此俊美的男子。我觉得自己陷进去了。"

我苦笑起来。

"是啊。可是就算陷进去了，还是抢不到演唱会门票，也不可能真的得到他们。"

"那可不，人家毕竟是大明星嘛。对我们来说，他们就像月亮或金星那样的存在。"

白马小姐笑着喝了一口咖啡。

"但是一直盯着月亮看，也会产生我与月亮独处的心情不是吗？如果能一直看着自己喜欢的人，心里感叹我真的好喜欢他，真的好好呀，那就已经足够幸福，也算是足够亲近了，你不觉得吗？所以我只要有'我的次郎'就好。有多少粉丝，就有多少个次郎。"

白马小姐的耳环轻轻晃动着。午后的阳光洒进来，让古典的捷克串珠反射出了色彩曼妙的光芒。

那么，有多少粉丝就有多少个小达，我也有属于我自己的小达吗？

白马小姐看了一眼手表。

"哇，都这么晚了。我还得去上英语会话课呢。"

怎么办，我还想跟白马小姐多聊一会儿。

至少……至少要知道她的名字。

"KITAGAWA 小姐，我找到刚才跟你说的活动传单啦。"

"啊，好的。再见啦。"

白马小姐站起来，对我挥挥手。

……原来她叫 KITAGAWA 呀。我喝着已经不再热乎的红茶，目送她顶着那头活泼的短发走出门去。

那一夜是满月，我坐在出租屋的阳台上，凝视着圆圆的月亮。

看着看着，我确实有种世上只剩下我和月亮的感觉。

不只是我，这个地球上的所有人肯定都会有这种感觉。想到这里，我越发觉得不可思议了。月亮明明只有一个啊。

自己喜欢的、觉得美好的东西。只要看着就能感到幸福的东西。

我喜欢什么来着？

刚想到这里，我就感到左臂阵阵发痒。紧接着，神明又突然冒了出来。

"我喜欢她。"神明高兴地说。

他说的是 KITAGAWA 小姐。

"嗯，她真好。"我回答道。

"我也喜欢捷克串珠。"神明双手抓着阳台栏杆，斜靠在上面。

"我还喜欢那个咖啡馆。里面的装潢很好看，蛋糕也很好吃。我还想再去。"

我与神明并肩而坐，眺望着外面。春天的晚风十分宜人，枝叶微微晃动的声音很轻柔，漫天的星光也很好看。我看向路面，一只八字脸的野猫走了过去。真可爱。

这些东西都不属于我，却都渐渐渗透到我心中。这只是我司空见惯的、普普通通的景色，但是看着它，我却感到了一丝幸福。

神明也笑眯眯的，心情似乎很好。

我问道："神明，你开心吗？"

"还行吧。"

神明把脑袋往旁边一歪。只是还行吗？看来还差一点。我的轮班原来没有这么轻易完成。

不过，我好像找到了窍门。也许还差一步就能让神明开心起来了。

星期一下午三点半，我在自己的座位上一边操作电子表格，一边吃巧克力甜甜圈。

添加了巧克力的面糊上浇着巧克力酱，最后还撒了一把坚果碎，真可谓令人畏惧的热量炸弹。我每次都只能看着这个减肥的大敌，现在却大口吃了起来。

刚才我跑腿回来，顺便去便利店买点抵御瞌睡的薄荷糖，结果脑中闪现的不祥预感应验，左手擅自抓起了甜甜圈。我自然是阻止不了的。左手把甜甜圈放到收银台，动作流畅地掏出 IC 卡[1]完成支付，现在则灵巧地单手拆开包装袋，把甜甜圈往我嘴里塞。

---

[1] IC 卡：以芯片为介质的银行卡，可快速支付。

真没办法。这叫人怎么忍得住呢。

古村部长走过来，一本正经地说："好香啊。"他还是那么阴阳怪气，肯定是在嘲讽我工作时间吃零食太没规矩。

我一边说着"对不起"，一边继续吃甜甜圈。言行完全是自相矛盾的。

"补充糖分也很重要。等你有空了，把这个拿给财务吧。"古村部长平淡地说完，就把资料放在我桌上走了。

"好的。"我应了一声，吃完了甜甜圈，继续处理电子表格。

古村部长说的话其实有点道理。也许是因为补充了糖分，我感觉脑子很清醒，电子表格也整理得特别顺手，感觉比吃薄荷糖有效率多了。

因为害怕变胖和长痘痘，我一直很克制甜食，不过，偶尔享受一下应该也不坏。

吃了甜食特别有精神，让我心情也很好。再加上古村部长也没有像我预料的那样唠叨个不停。

我保存好完成的表格，拿着资料离开了座位。

从五楼前往二楼财务部的路上，我在电梯里碰到了由衣。

"啊，由衣。"

我轻轻叫了她一声，她却只给了我一个略显僵硬的微笑。确认过后面没有人进电梯后，由衣飞快地说了个惊人的消息。

"那个，咲良啊。我这个月底就离职了。"

"……啊？"

"我一直想当纺织品设计师，就报了学设计的夜校，现在经那边的老师介绍，有个设计工作室要我了。"

"啊？啊？啊？"

"这几年真是谢谢你了。我已经跟部长说了，希望他别给我办送别会。不过，最后一天咱们一起吃个午餐吧？"

我没能反应过来，愣愣地答应了。电梯到了三楼，由衣逃也似的走了出去。这里是总务部的楼层。

……嗯？

我大张着嘴，被电梯送到了二楼。

开门前的提示音竟显得莫名悲凉。

由衣要走了。

回家后，我放下在超市买的可乐饼盒饭，扑倒在床上。

唉……

我会想起电梯里的几十秒钟。由衣飞快地说出了那个消息，门一开就匆匆走了出去。我的眼泪顿时涌了出来。左臂又阵阵发痒。砰。

"……好孤单哦。"

又出来了，神明。

我有预感到他会出现，因此没有吃惊。

神明也在我边上嘀嘀咕咕。

"五月以后我该怎么办啊。"

"能怎么办，跳槽是由衣的自由。"

我知道。我虽然知道，但也没法真心诚意地支持她。

由衣要离开公司，我当然很难过。但是老实说，我偶尔会满怀不安地想象这个情况，也算是有了心理准备。

我之所以这么震惊，这么无语——

是因为她竟用一起乘电梯的短暂时间向我通知了离职这件大事。

连古村部长都比我先知道。

也许，由衣跟我关系好，单纯因为我们在一个部门工作，又是同龄人而已。我既不知道她想成为纺织品设计师，也不知道她在上设计夜校。她都没告诉过我。

只有我把她当成了朋友。

神明悄然撑起身子，盘腿坐在床上。

"我讨厌由衣。"

"……别说了。"

讨厌。讨厌讨厌讨厌。神明闷声嘀咕着。

我捂住了耳朵。

但是，他的声音依旧那么清楚。

"装出这么温柔的样子，心里却不知在想什么。"

"闭嘴。"

"说到底，她只是表面做戏罢了。"

神明哇哇大哭起来。

"求求你了，神明，别说了。"

"由衣太坏了！那么可爱，还结了婚，还能做喜欢的工作！"

"我知道啦！"

我猛地坐起来，用力抱住了神明。

我拼命收紧双臂，拥抱着他。

神明，我知道，你一定很痛苦吧。

由衣，你竟然什么都不告诉我，真是太过分了。我们明明总是待在一起啊。

我那么喜欢由衣，那么喜欢你。

但是我明白。其实我很明白。

尽管只把我当成了普通同事，由衣还是那么亲切。我有时不小心犯了错，她也会趁别人没发现帮我圆过来。之前被前辈冤枉了，她还很努力地为我辩解。碰到困难的工作，由衣总是陪我笑着完成。由衣真的帮了我好多。

"好了好了，好了好了。"

我轻抚着神明的背部。大哭大闹的神明渐渐安静下来，把头靠在我胸前。

我怎么看待由衣是我的自由。同样，由衣怎么看待我也是她的自由。

我一直很喜欢由衣，想成为她的好闺密。但是我知道自己成不了她的闺密。因为这种自卑，我几乎没怎么跟她说过自己的事情。我也一样有意跟她保持了距离呀。

我慢悠悠地对神明开口道："……由衣为了实现梦想，真的很努力哦。"

神明一言不发地点点头。

我继续道："她真的好厉害啊。"

"嗯……"

"也许我要花一点时间，才能真诚地为她高兴……但是，至少在剩下的这段日子里，我要跟她好好相处。因为我真的不舍得她，也真的很感谢她呀。"

神明又点了点头，然后在我胸口蹭掉眼泪，吸了一下鼻子，变成小小的勾玉钻进了我的左手。

"……怎么又突然跑了。"

"当值神明"的文字依旧没有消失的迹象。但我已经不怎么在乎字迹是否消失，而是真心想让那位任性的神明开心起来。

我下了床，烧开水。

泡好茶后，我吃着可乐饼盒饭，思索接下来该怎么办。环视整个屋子，我注意到了放在斗柜顶上小盘子里的首饰。捷克串珠耳环。

我想起神明曾说过"喜欢她"。

……KITAGAWA 小姐。

我嚼着可乐饼，拿起了手机。

对啊，我怎么就没想到呢。KITAGAWA 小姐参加过联谊，是梨惠的朋友。只要顺着梨惠的脸书好友名单，说不定能找到她。

我放下筷子，久违地打开了脸书。

飞快地划拉了一会儿，来到梨惠的页面后，我一眼就在"可能认识的人"里面找到了疑似 KITAGAWA 小姐的账号。喜多川葵。她的头像是在一个山顶上比 V 字的照片，没错就是她。

头像下面蓝色的"加为好友"按键在向我招手。

好友……啊。

我放下手机，思考了片刻。

我从未主动加过别人的好友。不仅如此，不管去吃饭还是看电影，我都从未主动约过别人。

我不主动约人，唯一的理由就是害怕被拒绝。而且我也很担心别人虽然没拒绝，但也并不情愿。

可能认识的人。

嗯，对啊。KITAGAWA……喜多川小姐可能是我认识的人。

只要按下蓝色按键，就能轻易"加为好友"了吗？人的心情，人与人的关系，真的能如此简单吗？世界上会不会充满了我和由衣这样只有一头热的关系？

等等——我又拿起了手机。

我的时间线里有喜多川小姐，证明我也在她那边的"可能认识的人"列表里。她记得我叫咲良，又有共同好友梨惠，只要她愿意，也许会主动加我的好友。这样我就能高高兴兴地点击确认，毫无负担地成为她的好友。

我点点头，又放下手机拿起了筷子。

可是……

可是我又要这么被动地等待吗？

无论是联谊还是手工活动，我都在等待别人跟我说话。

我一直在被动地等待开心的事情，等待幸运降临。

还要等下去吗？甚至不去主动记住别人的姓名？

我做了个深呼吸，拿起手机。

按下"加为好友"，打开私信界面。接着，我轻轻点击了输入消息的对话框。

你好。

我是前几天跟你一起参加捷克串珠手工课的水原咲良。

如果可以的话，请同意好友申请！

重读五次，没什么问题。

我屏住呼吸，咬咬牙点了发送。

这次没有依赖左手，而是凭我自己的意志，用右手。

呼——我轻抚胸口。

这种时候真想见见神明，可他究竟去哪儿了呢？

发完消息后，我又反复读了好多遍。应该没有会冒犯对方的文字吧？不对，搞不好加好友的行为会被她觉得不要脸。要是被无视了，我肯定会很难受的。喜多川小姐在回复我之前，会不会告诉梨惠呢？

脑子里一个劲地涌出负面的猜测，我再也无法忍受，关上了私信界面。

当我重振精神继续吃盒饭时，推送提示音响了。我吓得筷子都没握住。

我心惊胆战地打开私信，真的是喜多川小姐回复了。

咲良，谢谢你加我好友！

我一直后悔那天没跟你要联系方式，所以特别开心。

如果方便的话，要不要跟我一起去木崎老师的手工活动呀？

我感到心中的大洞瞬间被暖意填满，全身都使不出力气。

她回复我了。不仅回复我，还约我去玩了。

"太好了。"

左臂阵阵发痒，神明冒了出来，高兴地蹦蹦跳跳。最后，他像花样滑冰选手一样转了一圈，又钻进左臂了。

木崎老师……也就是上次手工活动的老师，给了喜多川小姐一张传单，那就是她邀请我去的活动。会场设在百货公司，有许多手工艺术家在那里出摊，规模还挺大。

首饰、点心、皮革工艺品、插画。各种各样精心制作的商品陈列在摊位上，吸引了许多客人。

我们先去了木崎老师的"店铺"，喜多川小姐买了一串漂亮的项链。我们跟老师聊了几句，又去挨个儿看别的摊位了。

"这里的东西都好可爱呀，真热闹。"喜多川东张西望地说。

"如果我自己做的东西也能摆出来卖，一定很开心吧。"

听了我的话，喜多川小姐用力点点头："对，一定很开心。"

我们花一个小时逛完会场，然后去了二楼的水果甜品店。那些漂亮的甜点虽然比我平时晚饭吃的超市盒饭还贵，但是能跟我喜欢的朋友一起吃，就一点都不心疼了。

喜多川小姐点了草莓圣代，我点了桃桃慕斯。等甜品上桌时，我们把自己的战利品摆了一桌仔细欣赏。

我轻轻拿出了再三犹豫之后买下的玻璃花窗风格的相框。再看一遍还是很好看。包装袋里装着店铺名片，上面简单介绍了制作这件商品的玻璃工匠。那个人迷上了玻璃，在从事三年白领工作后毅然去玻璃作坊当了学徒。我想起由衣，不禁叹了口气。

"能把兴趣当成工作真好啊。我好羡慕能这么做的人。"

喜多川小姐歪头沉吟了一会儿。

"话是这么说，但是反过来，能在工作中找到喜欢的事情也很快乐啊。"

我抬起了头。

"喜多川小姐是做什么工作的呀？"

"都说了叫我葵啦。"

即使她这么说，我一时半会儿也改不过来。

"那……葵小姐是做什么工作的？"

葵小姐吸了吸鼻子，似乎不太喜欢我在她的名字后面加"小姐"。不过，她还是回答了我的问题。

"我在电气工程公司做行政。是个只有八个人的小公司。"

我感到很意外，因为我一直猜测她在大企业工作，或者是某方面的专业人士。

但我很快就意识到自己的猜测有多肤浅了。公司的规模大小跟她是否感到充实完全没有关系，而我得知她跟自己一样是做行政的，为何会松了一口气呢？真是太肤浅了。

"唉，我这人真的不行……"

我径自嘀咕了一句，葵小姐的目光闪了闪。

"我不太清楚咲良有什么不好的，但是你能自我反省，就是很优秀的人啊。反倒是那些察觉不到周围的不满，觉得自己什么都没做错、自己绝对正确的人才可怜呢。"

这时，服务员端来了我们的甜品，葵小姐迫不及待地吃了一口圣代，继续说道："我们社长就是那种性格，总是很自以为是。"

我突然感到遇上了同道中人，凑过去说道："我们那儿的部长也总是阴阳怪气的。葵小姐，你对上司生气的时候都是怎么做的呀？"

葵小姐叼着勺子歪嘴一笑。

"偷偷给他起可爱的绰号。"

"绰号？"

"嗯。我社长叫福永，他总是生气，所以我在心里就管他叫小鞭炮。每次被他气到了，我就默念小鞭炮又炸了。"

我不禁失笑。好可爱的绰号啊。如果换成古村部长，我该叫他什么呢？

葵小姐看了看远处，突然露出了温和的微笑。

"这么一来，我就会瞬间不生气了，还会感叹这个人是辛苦打拼了好多年才撑起了这家公司的呀。老板娘负责财务，每个星期来上三天班，听说她感冒的时候，社长给她煮了粥，我就觉得社长其实也是心地善良的人。只要能有一个人接收到他的善意，哪怕那个人不是我，我也觉得这个世界上有小鞭炮的存在真是太好了。如果全面否定一个每天都要见面的人，只会让自己不开心啊。"

只会让自己不开心啊……

难道我一直以来，都在让自己不开心？

我猛地凑近了葵小姐。

"刚才你说在工作中找到喜欢的事情？"

"比如有人叫我复印资料，我就会特别有斗志，争取一毫米都不歪掉，让人分不出哪份才是原本。还有倒茶的时候。现在这个季节，公司来客人了都是倒冰镇的麦茶，但我记得有个人夏天也喝热茶，就给他倒了热的，他特别高兴。"

"……原来如此。"

"还有开水间的毛巾。立方体不都有成员的应援色吗？我会根据当天的心情选择次郎的紫色或者小达的绿色，这样就觉得立方体也在陪我工作，特别开心。"

嘻嘻嘻——葵小姐咧嘴笑了。

"真好啊。像我这种没什么优点的人都能做到呢。"我挖了一口慕斯，这样说道。

葵小姐突然一本正经地看着我说："你别嫌我夸张，人生最重要的就是为快乐而行动啊。至于意义和金钱，那都是其次的。自己有什么长处或者能力，这些都不相干。我觉得最重要的是怎么在这个世界上发现乐趣。如果一直这么做，说不定就能找到自己真正想做的事情了。"

葵小姐移开目光，看向了自己的圣代。

"我也还没找到能让自己特别激动的事情。但我还在找，并且相信一定有的。"

她往嘴里塞了一块草莓，调皮地笑了。

几天后，古村部长交给我一个小纸箱，吩咐我"搬到资料室去"。里面装了好多厚厚的产品图册，特别沉重。这种粗活他都不照顾一下别人。

"随便放下就好了。"

我从三楼总务部借了推车返回五楼，带上纸箱前往资料室所在的地下一楼。我只觉得麻烦，怎么都想不到这种无聊的工作有什么乐趣。我也想不到能给古村部长起什么"可爱的绰号"。

我打开资料室的门锁走进去。里面杂乱地摆放着各种海报、文件夹和商品图册。这就是大家都"随便放下"的结果。

这个能直接放在地上吗？我在铁架上找到一个面前能容下纸箱的空间，用力抬起箱子放上去。完成。

接下来没有特别急的工作，要不要在这儿偷偷懒呢？我开始环顾资料室。

书架上陈列着一些旧书。

我随手抽了一本大开本的《按图索骥·字体范本一览》。翻开看，里面列出了各种各样的字体。

我卷起左臂的衣袖，对着"当值神明"的字样按图索骥。这似乎是 Morisawa 设计的"GothicMB101B"字体。

哦？挺有意思啊。Morisawa 是谁的名字呢？我知道字体都有名称，不过看到汇集成册的一栏，才真正感觉每一种字体都是有生命的。

我翻了一会儿书，然后放回架上。

这个书架真是太乱了，应该按照高矮排列，或者分类型陈列啊。

我抽出几本标题有"字体"的书，把它们归拢到一起。接着，我突然来了精神，又按照"设计""色彩""绘图"的主题把书放在地上做了整理。

分类完毕后，我又按照不同类型重新把书陈列上架。这下子书架就清爽了不少。我不禁想：啊，好开心。虽然没有人吩咐我做这件事，没有人会夸奖我，也没有人给我多发一分钱，但是要在这世上发现乐趣，从这种小事开始也许就足够了。

我推着小车打开门，准备回去工作。

"水原，你在里面吗？"

是古村部长。糟糕，他要骂我偷懒了。

"对……对不起。"

我忍不住道了歉，部长皱起了眉头。

"太好了，我见你一直不回来，担心了好久呢。这资料室这么乱，我还以为你被倒下来的书架压住了。"

"我没事，对不起。"

我又一次道了歉。古村部长还是不苟言笑。

看着他的脸，我想起了巴士站的大叔，随即心里一惊。这个表情很容易理解为刁难，但实际可能不是这样的。一定是我本来就有偏见，误会了部长。我意识到他真的担心我，突然有些感动。也许我一直以来的猜测都太悲观了。

古村部长突然看向书架，惊讶地"哦"了一声。

"不错啊，这下清楚多了。怎么，这是你弄的？"

"……嗯，我有点看不过眼。"

"哦？谢谢你。"

部长直白地说完，拿起我刚才看的那本《按图索骥·字体范本一览》翻动起来。

"这本书是我入职时自己买的。看到那么多不同的字体，心情就会不由自主地兴奋起来。"

"部长，Morisawa 是谁的名字呀？"

古村部长头也不抬地回答道："是 Morisawa 公司的创始人森泽信夫。他是日本第一个发明照相排版的人。水原你那么年轻，肯定没听过照相排版吧。现在虽然都是电脑排版了，但是在不久以前……"

古村部长兴奋地讲起了活字印刷的历史和内涵。看来他很喜欢印刷这个行当呢。我第一次看见古村部长那么有活力,突然觉得跟他亲近了许多。

古村部长一口一个"活字"的激情演说让我越听越乐,还给他想到了"活字叔"这个绰号,更是乐不可支。我猜,葵小姐给社长起"小鞭炮"的绰号时也是这种心情吧。她没有全面否定自己看不惯的上司,而是融入了一定的亲切之情。

古村部长合上书看向我。

"高木不是要辞职了嘛。我说要给她开送别会,可她不同意。她这可是朝着梦想迈出第一步啊,我真想为她好好庆祝一下。"

高木就是由衣。我只是勾起嘴角应了一声。

"不过高木跟我说,她特别舍不得你,一想到你就想哭。有好几次她想对你说这件事,最后都难过得说不出口。你们的确关系很好啊。"

我无言以对。

原来由衣竟说过那种话。

原来电梯里短促的告知,背后竟隐藏着这样的心情。

也许,由衣也是个笨拙的人。我抬起头,防止眼泪滑落。

"好了,回去吧。"

古村部长说完,我握紧了推车的把手。

我在手工活动上买的那个漂亮的玻璃花窗相框,不如嵌上我和由衣在员工旅行时的合影，在最后的午餐送给她吧。

黄金周最后一天，天气晴朗。

广场上摆起跳蚤市场，吸引了许多人。

"咲良，客人问这个有没有别的颜色。"负责招待的小葵举着我做的红色串珠戒指问道。

我从箱子里拿出了库存。今天的销量远比我想象的要好，每次一摆上就要被扫货，所以我们决定一点一点拿出来。

不久前，我心血来潮地提出在跳蚤市场摆摊，小葵特别赞成，然后就开始了每天的商量和准备。小葵把积压在家的材料全都拿出来，我竭尽所能做了许多串珠首饰。

我们还给自己的摊位起名叫"SASA"，S是咲良，A是葵。接着，我们在百元店买了S和A的印章，盖在标价牌和装商品的纸袋上。一起想这些主意时，我特别兴奋。虽然不是必要的，但是很开心，这成了我们最重视的东西。

"还有白色和蓝色。"

我把串珠戒指放在托盘上，走到客人面前。那是一对看似高中生的情侣。女孩穿着清新可爱的连衣裙，男孩身材瘦削，肩上挎着单反相机。

我把托盘递给女孩。

"要试戴看看吗？这个串绳有弹性，尺寸应该没问题。"

我和小葵穿着一样的短袖 T 恤，左臂上什么也没有。

我给小葵发消息提议摆摊，你一言我一语地商量了几句，放下手机时发现，手臂上的四个字已经不见了。

看来神明终于满足，我的轮班也结束了。

我觉得有点舍不得，但又有点骄傲。

女孩挑了白色戒指，戴在右手的无名指上。戒指非常适合她纤细的手指。她张开手对着天空，像在欣赏串珠的光泽。

"你喜欢吗？"男孩问了一句。女孩害羞地笑着，轻轻点头。

"那请给我这个。"

男孩从牛仔裤口袋里掏出了钱包。

害羞低头的女孩看起来很高兴，男孩看着她显得更高兴，我也忍不住笑了起来。在场的四个人里，最开心的无疑是我。因为我亲手做的戒指，竟成了如此令人开心的礼物。

两个孩子低声交谈着离开了摊位。男孩不露痕迹地在拥挤的人群中护着女孩。

"小葵，我也好想遇到自己的白马王子啊。"

正在整理钞票的小葵似乎没听见，反问道："你说话了吗？"

"没什么。"我笑着摇摇头。

不过，我不会等待王子出现。因为我也要学会骑上自己的马。

我要跟王子骑着马并肩而行，去好多好多地方。时而各自去看想看的地方，再到约定的地点重聚，那样也好。

　能让我开心起来的人是我。

　我不会再等待快乐轮到自己头上了。

　我要主动加入这个世界，伸出双臂，用自己的双手抓住快乐。

二番

松坂千帆

（小学生）

小胜出生时我只有三岁，所以不记得那时的事情。

据说妈妈和小胜从妇产医院回家时，我特别高兴。我还试图把小胜放在钢琴学校发的包里带去上课。妈妈特别喜欢这个故事，不知说了多少万遍。可是我早就忘了。不知什么时候，身边就有了弟弟。这就是我的真实感觉。

弟弟叫"胜"，读作"Suguru"。他又瘦又小，脑子很笨，整天傻笑。我从未见小胜赢过什么人，一点都配不上自己的名字。

黄金周结束后，上个星期五，学校组织了春季学习远足。我们六年级的去日光，三年级的小胜去江之岛。回家后，小胜抱着一把木刀，高兴地吹嘘："这是礼品店最后一把。"他连晚上睡觉都没放下木刀。这么说来，在日光也有很多男生买木刀。他们怎么这么喜欢木刀呢？男生真是不可理喻。

今早小胜连饭都不吃，在院子里哇哇大叫，挥舞着木刀。今天是星期一，天气很好。院子里纤细的樱花树长满了碧绿的叶子，绣球花的花蕊静静地做着绽放的准备。爷爷站在外廊上，看着小胜高兴地点头说："精神头真好啊。"

　　这是爸爸从小住到大的大平房。本来只有爷爷奶奶住在这里，现在我们一家四口也来了，要从四月一直住到七月。我们家是一座独栋小楼，从这里开车过去要十分钟左右。因为要修缮老化的厨房，爸爸决定顺便把其他地方也翻新一下，再多做点空间出来。

　　明年我就要上初中了，爸爸说要给家里添一个房间。以前我一直跟小胜睡一个房间，真的很烦很烦，所以现在特别高兴。

　　爷爷奶奶的房子有很多房间，我求奶奶给了我盼望已久的属于我自己的房间。那个十平方米大小的和式房间以前用来堆放杂物，所以有几个纸箱和衣箱，不过爸爸帮我把练琴用的小钢琴搬了进去，我特别满意。我还用厚纸做了"千帆"的门牌，奶奶笑着说："这个房间变成了千帆之间呢。"

　　小胜平时跟爸妈睡在大房间里。爸爸工作很忙，总是很晚回家，所以小胜偶尔会一个人跑去跟爷爷奶奶睡。每当这种时候，我都会听见他钻进爷爷奶奶的被窝里闹腾的声音。

　　路过的邻居阿姨从围墙外看了一眼，然后微微一笑。爷爷对那个阿姨点点头，也骄傲地笑了。

　　"你可以一直住在这儿哦。"爷爷眯着眼对小胜说。小胜似乎没听见，仍在专注地与看不见的敌人交战。

　　"姐姐，你去坐巴士的路上不是有邮筒吗，帮妈妈把这个寄了，好吗？"

　　妈妈递给我两张明信片。

从这里走路上学实在太远了，所以老师批准我和小胜坐巴士上学。但只限这四个月。最开始妈妈叫我跟小胜一起走，可我每次都等不及先出门了。我们要从"坂下"车站搭七点二十三分的巴士上学，如果搭下一班三十八分的车，就容易赶不上。要是每天都等磨磨蹭蹭的小胜，肯定会迟到的。

"啊，肚子好饿。"

小胜从外廊走进了起居室。桌上的火腿蛋早就凉了。小胜把木刀放在坐垫旁边，拿起了筷子。

妈妈盛了一碗饭摆在小胜面前。我一边叠起自己吃完的碗盘一边问道："为什么男孩子都喜欢木刀啊？"

"因为看起来很无敌啊。"米饭冒着热气，小胜指着摊在榻榻米上的汉字练习本说，"而且，我的名字里也有'刀'呢。"

练习本上写满了小胜歪歪扭扭的名字。我歪头看了一会儿，试图在"胜"[1]字里面找"刀"。

"……小胜，你那个是'力'，不是'刀'。"

"啊，不会吧！真的吗？我才知道。"

小胜哈哈大笑起来。我无语了。连自己的名字都能写错。

我站起来，把餐具送进厨房。还是上学去吧。

"啊，对了，姐！"小胜见我要走，顾不上嘴里的火腿蛋喊了一

---

[1] 原文为繁体字"勝"。

声，"你知道鼻屎是火腿味的吗？"

——好恶心，好讨厌。

"我才不想知道！"我跺着脚大喊道。这个弟弟太讨厌了。又笨又脏，又不陪我玩，还总是说废话。

爷爷从外廊走进来，慢悠悠地说："你们要好好相处，毕竟是同胞啊。"

"同胞？"

我头一次听这个词，不由得呆住了。爷爷慢悠悠地坐在了靠椅上。

"就是同一个娘胎出生的手足，兄弟姐妹。"

妈妈给爷爷端了茶。他喝了一大口，哈哈大笑起来。

来到巴士站，高中生哥哥和像是白领的姐姐已经站在前面，我就排到了第三个。不一会儿，穿西装的叔叔和外国男人也来了。这就是平时坐七点二十三分那班车的固定成员。大家虽然知道彼此，但从来不说话，都默默地等车。

我偷看了一眼旁边的姐姐。她穿着轻飘飘的七分袖上衣，还戴着漂亮的串珠手链。好时髦啊。但是我知道，这个姐姐虽然不怎么说话，实际很勇敢。我有一次看见她拉起了在爱心座位上装睡的西装叔叔，让一位孕妇坐了下来。我觉得她好酷，从那时起就一直默默崇拜她。

要是我有个姐姐就好了。她一定会教我好多东西，还能听我说心里话。

巴士从长长的坡上开了下来，我们都一言不发地上了车。

我在离学校最近的车站下车，路上碰到了美波。她正牵着今年四月刚上小学的妹妹麻波的手。六年级和一年级的身高相差很多，美波微微弯着腰对麻波说话，像个小妈妈似的。关系这么亲密的姐妹也很少见。

"哎，千帆，早上好。"

美波对我笑了。麻波歪着小脑袋，小小的身子背着书包，显得书包特别大。

我发现麻波手上的手提包有点眼熟，上面印着动画片的角色魔法少女艾米莉，记得以前是美波的东西。美波注意到我的视线，微微笑了起来。

"麻波说想要，我就给她了。家里给我买了更大一点的。"

美波手上果然提着红色格子布的单肩包。可以猜想，这个包将来也是麻波的。

"姐姐送我的！"麻波举起手提包给我看。想必她一点都不觉得"用旧东西好讨厌"吧。能得到最喜欢的姐姐送给她的袋子，麻波看起来真的很高兴。

我好羡慕美波。如果我有这么可爱的妹妹，一定会对她很好。

我会跟她一起玩洋娃娃，一起编手环，一起看少女漫画。把自己用不上的包包和穿不了的衣服送给妹妹，她能这么高兴，真是太棒了。爸爸妈妈看到妹妹用上姐姐的东西，一定也能感受到她的成长。

去年圣诞节，爸爸问我想要什么礼物。我说想要手表，他就给我买了。虽然很对不起爸爸，可是拆开盒子的时候，我真的有点失望。

因为表盘是显眼的粉红色，还印着魔法少女艾米莉。我上三年级的时候的确还很喜欢艾米莉，可是现在我想要的已经不是动画周边，而是粉红色珐琅彩腕带的大人手表。我都事先给他看过杂志上的图片了，爸爸好像只记住了"粉红色的手表"。

爸爸真的什么都不懂。他还把我当成小孩子呢。去上钢琴课时，我很无奈地戴上了那只手表，可我永远没机会把它让给小胜。

三个人并肩走了一会儿，我问道："美波，你还记得麻波出生时的事情？"

"嗯，记得呀。麻波出生第二天我去医院看望，当时她正在睡觉，像个天使一样。"

天使。天使啊……

根据我的记忆，小胜从来没有像天使的时候。

美波慈爱地看着麻波。

"不过不只是小婴儿的时候，麻波一直都这么可爱哦。我觉得她是我最好的妹妹了。"

我大吃一惊。这种落差究竟是怎么回事?

我今早才感叹小胜是最恶心最讨厌的弟弟呢。

不知是不是猜到了我内心的想法,美波又补充道:"千帆不也有个可爱的弟弟嘛。"

她在说谁呢。我哪来可爱的弟弟。这对清纯的姐妹恐怕这辈子都不会说出"鼻屎是火腿味的"这种话。

"还行吧。"我敷衍过去,聊起了运动会。

星期二。

上午我第一个到了巴士站,周围还没有人。

站牌映入眼帘时,我发现水泥底座上有个东西。那东西很眼熟,我跑了过去。

……果然!

是杂志上登了照片的粉红色珐琅彩腕带的手表。我心惊胆战地拿了起来。

好棒。光洁漂亮的腕带和银色指针完全没有玩具感,那高雅的气质令我陶醉不已。我觉得只要戴上它,自己就能变成大人了。

腕带上贴着一张便笺,上面写着"失物"两个潦草的大字。原来是失物啊。是谁的呢? 那人一定很着急吧。

我把手表放了回去。

丢表的人会回来取吗？可是如果那人不知道表丢在这里了……
万一下雨淋湿了，或者被碰到地上摔坏了……

如果变成那样，还不如让我小心使用，才不会浪费呀……

我四处看了看，还是没有人。

我放下书包，把手表塞进了里面的口袋。我觉得心脏怦怦直
跳，还越涨越大，几乎要爆炸了。啪嗒一声扣上书包时，我被声音
吓了一跳，想着还是放回去好了，但我还是强忍住，匆匆背起了
书包。

这时，穿西装的叔叔出现了。他的表情很可怕，还瞟了我一
眼。我以为他看见了刚才那一幕，便缩着脖子等他训斥，可是叔叔
一言不发地站在我旁边，只咳嗽了一声。

回家后，我走进"千帆之间"关上门，放下了书包。今天上学
时我一点都集中不了精神，打开书包看了好多次。

我轻轻拿出手表，撕掉便签，戴在手上。冰凉的表身和沉甸甸
的重量让我一阵雀跃，抬着手翻来覆去地打量了好久。白色的表
盘，好看的数字，简约的银针。只有秒针是跟腕带搭配的粉红色，
在表盘上缓缓转动，特别可爱。

我想要的表，成了我的东西。

好高兴……我明明很高兴，可为什么脸蛋还是紧绷的呢？

为了不让别人发现，睡觉时我把手表藏在了枕头底下。

星期三。

一醒来，我就伸手去摸枕头底下。

可是，我只摸到了褥子。哎？我手表呢？

我爬起来正要拿开枕头，却发现胳膊上有黑色的东西。

"……？"

我定睛看向胳膊内侧，那上面有几个字。

当 值 神 明

我没看错。胳膊上真的有四个像马克笔涂抹的大字。

小胜!

肯定是他趁我睡着跑进来在我胳膊上涂鸦了。我不知道他从哪儿学来的这几个汉字,可他真是太讨厌了,竟然搞这种幼稚的恶作剧。手表肯定也是他眼尖拿走的。

我气不打一处来,爬出被窝要去找他,却发现门口端坐着一个不认识的老爷爷,顿时吓了一跳。

老爷爷穿着暗红色的运动服,头顶光秃秃的,耳朵两旁却长着棉花糖一样蓬松的白毛。他笑眯眯地看着我说:"当班的,找到你啦!"

啊? 当班?

我愣愣地问道:"……您是我爷爷的朋友吗?"

"我？我是神明。"

"……哈哈……"

"哈哈哈哈哈……"

我们笑了一会儿，老爷爷说："实现我一个愿望吧。"

"愿望？为什么？"

"因为我是神明啊。"

"……"

我该怎么办？应该顺着老爷爷的玩笑演下去，还是赶紧去起居室呢？我犹豫了一会儿，因为老师刚在道德课上说要尊老爱幼。课上学的让老人高兴的事情里，有一项是"陪他们说话"。我挤出笑容问老爷爷："您有什么愿望呀？"

老爷爷抱着胳膊，猛地抬起头咧嘴笑了。

"我想要最棒的弟弟。"

原来老爷爷也有这种愿望啊。我突然觉得他很亲切，便在他面前蹲了下来。

"要我给老爷爷找个弟弟吗？那有点难呢。"

"话是这么说，但也不是这么说。小千是当班的，所以只要小千有个最棒的弟弟就行了。"

"啊？"

他管我叫小千，我吃了一惊，心里竟有种怪怪的温暖。

一定是爷爷告诉他我叫千帆吧。我继续问道："那个，'当班的’是什么意思啊？”

“小千是当值神明，所以小千是我，我也是小千。”

“嗯？”

“你们轮班打饭的时候，不也是当班的打饭吗？”

“……这样吗？”

我不太明白他的逻辑，但是知道了在我胳膊上写字的是这个老爷爷，而不是小胜。

那么，手表也是他拿走了？

“那个，我的手表不见了。”

老爷爷听了，朝我竖起食指。

“我的手表？”

“……啊。”

那不是我的，是我随便拿回来的。

难道……难道……那是老爷爷的？

“对不起，我还给您。”我无奈地道了歉。

老爷爷勾着眼睛看我，笑眯眯地说：“实现我一个愿望吧。”

愿望？就是最棒的弟弟吗？只要做到了他就会原谅我吗？

“可是要怎么……”

“我就在这儿等着，直到你有了最棒的弟弟。”

说完，老爷爷突然变成了又小又圆、像蝌蚪一样的东西。我吓了一大跳，那蝌蚪突然跑进我左手掌心里了。

"不要，不要啊啊啊啊！"

左臂颤动了一会儿，很快就平息了。刚才那个老爷爷跑进去了?!

我不知如何理解这件事，捏紧左手又松开了好几次，还使劲搓了搓胳膊。

"怎么了？"妈妈听见我的惨叫，打开门进来了。

"呃，没什么，我没事。就是做了个噩梦。"

没错，梦。这只是一场噩梦而已。

"是吗？快来吃早饭吧。"

等妈妈离开，我又看了一眼胳膊。希望这真的是梦。

然而，"当值神明"几个大字还是清清楚楚地印在上面。怎么办，这不是梦。难道是我脑子出问题了吗？

我跑进洗手间用力搓洗胳膊，还涂了好多洗手液，洗得到处都是泡泡，字却怎么都洗不掉。

"哎，姐姐，你怎么了？"小胜在我背后问道。

"……没什么。"

"那是什么？你手臂上写了字吗？"

这果然是现实。小胜也能看见。

"跟你说了没什么！"

我大喊一声，小胜笑着说"好怕"，跑向起居室去了。

这下可难办了。为了不让别人看见胳膊上的字，我特意穿了长袖开衫，体育课也穿了长袖运动服，被别人问我："你不热吗？"

然而，我为难的并不是这个，而是左手不听我的使唤，在上课时随便举手。

不管我会不会，它总是特别积极地举起来。

"松坂同学，你今天很积极啊。"班主任牧村老师最开始还很高兴，但是到了第四节课，就开始无视我了。他心里一定很无语吧。班上的人肯定也在想："她怎么回事啊，这么积极。"遇到不会的地方当然想提问，会的当然想回答，这是人之常情。可是在集体生活中太过显眼，会被人排挤啊。唉，真的好讨厌。

好不容易熬完了一天的课，我独自躲在动物小屋抱头烦恼。

我现在是动物组长。每个班都有两个动物组长，四年级以后每个星期轮流照顾学校的动物。这个星期我不仅要照顾教室的动物，还要负责校园一角的动物小屋。

六年级二班的动物组长除了我还有一个叫冈崎君的男生，但他还没过来。可能是忘了，也可能是跟其他男生玩太久迟到了。

我正在打扫小屋，左手又颤动起来。我惊叫一声，那个老爷爷竟像变魔术一样从我手心里跳了出来。我吓了一跳，弄掉了手上的笤帚。

"我喜欢兔子。"老爷爷蹲下身，轻抚兔子的背部。

我有点无奈。眼前这个老爷爷一点都不可怕，反而很亲切。可是他要我实现根本不可能的愿望，还钻进我的手里乱来，所以我还是希望他早点消失。

"兔子好可爱啊，鼻子一抽一抽的，真是无法形容的可爱。"

"那个，老爷爷。"

"我？我是神明。"

"……神明？"

"嗯，有事吗？"

神明呆呆地歪过头。我叹了口气。

"我真的变不出最棒的弟弟。"

"不实现我的愿望，你的当班就不会结束哦。胳膊上的字，也不会消失哦。"

"我现在当班照顾动物已经很忙了。"

"啊，你瞧，它在吃牧草呢。嚼啊嚼的，真可爱。"

我被忙着看兔子的神明敷衍，垂头丧气地捡起了笤帚。

"姐姐！"有人大喊一声，我抬起了头，只见小胜在操场的游玩器材区朝我挥手。那个瞬间，神明又变成了蝌蚪，钻进我的手心里。

小胜从杆子上滑下来，啪嗒啪嗒地往这边跑，然后探头进来张望。

"姐姐，你今天值日照顾动物吗？"

"嗯。"

"小茶和小围脖还好吗？"小胜看着兔子说。小屋里有两只兔子，一只全身茶色，另一只脖子上有一圈白毛。老师说它们是附近的初中送过来的，还是两兄弟呢。

"它们叫这些名字吗？"

"是我起的。这只都是茶色的，所以叫小茶；这只像围了围脖，所以叫小围脖。我觉得它们好可爱，就起了名字，还经常过来看。"

小茶也就算了，小围脖这个名字起得可不怎么样。我没说话，继续扫地。

神明不是希望我有个最棒的弟弟吗？难道要求妈妈再生个弟弟？妈妈多少岁了呀？而且再生个弟弟，也不一定就是最棒的。这本来就不是我能解决的问题嘛。

小胜兴奋地说："姐姐姐姐，刚才同学教了我一招。你把手指插在两边嘴角，试着说'学级文库'吧。"

"不要。"

我知道这个。小胜见我一口回绝，自己把手指插进嘴角，念了声"学级大便"[1]。

我没有理睬哈哈大笑的小胜，用簸箕铲起了扫成一堆的菜叶碎片。

---

[1] 因手指阻碍嘴唇闭合而形成的发音错误。"bunko"（文库）念成了"unko"（大便）。

这时，冈崎君来了。他虽然进了小屋，但是我已经打扫完了，新的饲料也换上了，没什么事情让他做。小胜隔着铁丝网跟冈崎君四目相对，明显瑟缩了一下。

冈崎君长得很高大，面相也比较吓人。听说他很小就开始练柔道了。他很有气场，也有一点自我中心，说话语气比较强烈，给人压力很大，其实内容并不怎么吓人。只要冷静观察就会发现，他只是个普通的男生。不过在小胜这样又瘦又小、一点都不擅长运动的低年级学生眼中，冈崎君恐怕是必须无条件顺从的胖虎一样的人吧。

"有事吗？"冈崎君对小胜说。小胜很害怕，含糊地笑了笑。

"啊，不好意思，那是我弟弟。"

"哦，是吗。"冈崎君应了一声，捡起了饲料盒里的菜叶子。

他把菜叶子送到兔子嘴边，小围脖啃了起来。

"那个——"小胜说了一句。冈崎君抬起头看着他。他并不看冈崎君，而是探出身子指着小茶。

"小茶应该不想吃菜叶子吧。"

"嗯？你觉得我喂得有问题吗？"

冈崎君瞪了他一眼，小胜立刻闭上了嘴。实在没办法，我只好帮腔了。

"小胜，你同学在那边等你吧。"

"没有啊。"

……笨蛋。小胜，你就不能顺着台阶下吗？你把姐姐的好意当成什么了？

小胜在铁丝网另一头战战兢兢地继续道："小茶好像没什么精神呢，都不怎么动。"

"兔子都这样，因为它们是夜行动物。"冈崎君斩钉截铁地说道。他其实没有生气，但是声音很大。小胜吓得缩了缩脖子，沉默片刻之后扔下一句"那我走啦"，然后就跑了。

我的钢琴课是小班授课，在老师家的偏房上课。房间里有两台练习用的钢琴，所以每次只有一两个人上课。以前跟我一样星期三和星期四下午四点来的女生三月底就没上了，所以暂时只有我一个人。

但是今天发生了一件让我心情雀跃的事。我们上课的学生可以不用经过老师家，而是直接走偏房的门进出，今天我一拉开玻璃门，就不由得瞪大了眼睛。

一个像贵族少爷似的男孩子正优雅地坐在桌边，跟老师说话。

老师发现我呆呆地站在门口，马上站起来说："哎，千帆来啦。"那个男生也看了过来。他的五官很漂亮，皮肤也很好。

"这位是广田耀真君，上小学三年级，从今天起跟千帆一样上星期三和星期四下午四点的课。"

耀真君站起来，朝我鞠了一躬。

"我叫广田耀真，请多指教。"

……多么有礼貌啊。

他穿着深蓝色与白色相间的格子衬衫，还有米白色的棉布裤子。

"我叫松坂千帆。"我呆呆地回答。

老师分别看了看我和耀真君。

"千帆上六年级，是这里资历最老的学生哦。千帆，你多带带耀真君。"

"好。"

"你叫千帆呀，好可爱的名字。"耀真君微笑着说。他真的好像天使，我感动得晕晕乎乎。

老师给了耀真君一本笔记本。

"这是联络手册。我会在上面填写课程内容和给你家长的留言，你每次都要带过来哦。先在封面上写名字吧。"

老师递给他一支水笔，耀真君在本子上熟练地写了自己的名字。"耀"这个字这么复杂，他还能写得很好看，我忍不住看得入了迷。

那天的钢琴课非常顺利。耀真君的指法有点不熟练，但他害羞的笑容真的好可爱。我弹完一首奏鸣曲，他还给我鼓掌说："千帆真厉害。"

到了课程快结束的时间，老师拍拍手说："好，今天就到这里。"每次回家前，老师都会请我吃点心喝饮料。

"稍等一下哦。今天邻居给了我很好吃的玛德琳蛋糕，我这就拿过来。"老师说完，离开教室往自己家的方向走了。

耀真君在房间里四处看了看，然后停在了最里面的架子前。他指着一个贵妇人的瓷器说："这个是雅致。"

"哇，耀真君，原来你知道呀。"

好厉害。那是老师去年在西班牙旅行时买的雅致牌的瓷器人偶。当时老师兴奋地对我说："这个人偶要十万日元呢，你可千万别碰哦。"

"因为我家也有一样的。你看它的肩膀线条，是不是特别漂亮？怎么看都不会腻。"

耀真君说这些话的时候特别自然，一点都不像炫耀。他身上还散发着不知是香皂还是洗发水的干净气味，一点都不像脏兮兮的男孩子。

没想到这竟是小胜的同龄人，神明真是太不公平了。

……神明。

这个神明跟那个神明是不是一样的呢？我看了看自己的左臂。这里面的神明既不会为我实现愿望，也不会在危急时刻帮我一把。不仅如此，他还对我提出不合理的要求，给我添了好多麻烦，让我头痛不已。

假如另外有一个决定命运、制造奇迹的神明，他为什么让我和小胜成了姐弟呢？这究竟是怎么选出来的呢？

我和小胜就像被分到同一个教室的同学一样，被分到了爸爸妈妈家里。然而，同班同学不一定全都关系很好，能碰到心意相通的同学反倒算是走运的。就像美波和麻波那样。

"耀真君，你有兄弟姐妹吗？"

耀真君摇摇头。

"如果我有千帆这样的姐姐就好了。"

我的心中一阵悸动。

最棒的弟弟。

啊，莫非他真的出现了？

我们当然成不了真正的姐弟，但如果耀真君真的愿意，我也会用最大的诚意成为他的姐姐。

这样不仅能结束神明轮班，还能得到一个可爱的弟弟，不是一石二鸟吗？

回到家中，我发现奶奶的朋友来做客了。妈妈说她跟奶奶白天一起去看歌舞伎的表演，结束后顺便到家里坐坐。

"这是我孙女千帆。"奶奶介绍道。我问候了一句"您好"。

"哎呀，姐姐都这么大啦。听说你在学钢琴？"

"是的。"

小胜正在里屋跟爷爷下将棋。

我向客人行了一礼，走出了起居室。

"这不是'一姬二太郎'嘛，真好呀。"

我听见背后传来奶奶朋友的声音。她说的"姬"和"太郎"究竟是什么意思啊？"真好"又是什么意思？接着，奶奶的朋友又开口了。

"你家有儿子又有孙子，算是安稳啦。女儿多不好，将来总是要嫁出去的，养不熟啊。"

我没有理睬那些话，径直走进"千帆之间"关上了门。那一瞬间，左手突然拽着我走向了置物架。我的教科书和笔记本都放在那里。它拿出国语辞典，翻开了"一"的页面。

一姬二太郎。生孩子最好先生个好养活的女儿，然后再生男孩。

神明，你查这个干什么呢？我又不在意奶奶朋友说的话……

尽管这样想着，我还是把辞典上的解释看了三遍。左手突然颤动起来，神明从掌心里跳了出来。

"那个朋友怎么回事啊！"神明气愤地说。

"如果女孩子好养活，干吗还要说女儿不好啊？我真不明白。"

神明气得脸颊鼓鼓的，还抱起了胳膊。

"还有什么有儿子就安稳了，瞎说什么呢。"

神明真懂我。我太同意了。

"就是呀，小胜哪里安稳了，真是笑死人。"

"对嘛对嘛。喂，小千，你还没找到最棒的弟弟吗？"

神明双手握着拳头用力挥舞。我还以为碰到耀真君就算实现了神明的愿望,原来不是吗?

"啊,不是有耀真君吗?他应该会成为最棒的弟弟哦。"我不服气地说道。

神明摇了摇头。

"嗯?小千不要小胜当弟弟了吗?"

当然不要啊。我正要开口,神明又变成蝌蚪了。看来这个班还得当下去。我拦不住钻进左手的神明,只好沮丧地看着手臂上的"当值神明"四个大字。

星期四。

神明如果不认耀真君,那我只能改造小胜了。耀真君就是我的理想模型。我边吃早饭边打量小胜,思索着怎么才能让他变成耀真君那样。

首先,要让他穿得像耀真君。

系纽扣的衬衫,米色棉布裤子。

小胜顶多在参加亲戚婚礼时穿穿有领子的衣服,平时都是松松垮垮的 T 恤和卫衣料的短裤。甚至袜子破洞了他都毫不在意。

我拿出了事先准备好的产品图册切页,上面印着跟耀真君那天穿的差不多的格子衬衫。

"小胜,你偶尔也穿穿这样的衣服啊。"

“啊？有纽扣的？好麻烦哦。”

“那就用用好闻的洗发水啊。”

“我才不要洗发水，用热水冲冲不就好了。”

“什么？你从来没用过洗发水吗？就用热水？”

我的尖叫声尚未平息，小胜就兴高采烈地说：“对了，说到气味，在手指上涂满口水，往掌心里写‘鸟屎’两个字，就会闻到鸟屎的气味哦！你试试吧。”

“我才不要试，脏死了！”

一边是认得雅致的耀真君，一边是只对鸟屎感兴趣的小胜。不行了，无论我怎么努力，都不可能把小胜改造成最棒的弟弟。

“我从今天起要带木刀上学。”小胜抓起了放在榻榻米上的木刀。

妈妈看了立刻阻止道：“不是说了不行吗？”

小胜噘起了嘴。

“啊？妈妈什么时候说不行了？几点几分几秒，地球转了第几圈的时候？”

妈妈扑哧一声笑了。

“那句话好让人怀念啊。妈妈小时候也这样说，你们现在还说呢。”

妈妈太溺爱小胜了。每次我犟嘴，她都会很生气。

我唰地站了起来。今天也要先走，因为我才不要跟拿着木刀的弟弟一起坐巴士。

走出家门绕过面包店的拐角，一个女人从旁边的出租房走了出来。那是我每天在巴士站碰见的勇敢的大姐姐。原来她住在这里啊。

大姐姐看见我，温柔地笑了笑。我特别高兴，忍不住喊了一声："姐姐早上好。"

"早上好。你总是一个人走这么远的路上学，好棒啊。"

大姐姐边走边说话，我很自然地跟她并肩走在了一起。闲聊几句之后，我像表白一样对姐姐说出了心里话。

"我看见姐姐让叔叔让座了。你什么都不怕，好厉害，好帅哦。"

"啊，那只是……"不知为什么，姐姐涨红了脸苦笑起来。接着，她看着前方慢悠悠地说："其实什么都不怕并不厉害。"

"……啊？"

"最近我觉得，相比什么都不怕的人，明知道怕也会迎难而上的人其实更厉害。那才叫真正的勇气啊。"

那是什么意思啊？我觉得那句话特别有意义，但一时理解不了。不过既然是大姐姐说的，我还是先记住吧。

前面就是巴士站了。今天那个叔叔来得最早，依旧皱着眉笔直地站着。我看见他有点紧张，姐姐却大步走过去站在了叔叔旁边，然后微笑着对我说："今天的风好舒服啊。"

放学后，我一个人打扫着动物小屋。冈崎君又没来。

打扫完了就是喂食。我定定地看着那两只兔子。小茶和小围脖，它们俩也是同胞呢。

我突然觉得小茶太安静了。虽说兔子的习性就是这样，可是小围脖在屋子里蹦蹦跳跳，到处挖洞，小茶却一动不动。

也许小胜说的没错，它真的没什么精神。而且它一直蹲在那里，连饭也不吃。

小围脖凑近了小茶，一会儿舔它的额头，一会儿蹭它的脑袋。小茶闭着眼，安静地任凭小围脖摆布。

看着这幅光景，我感到心头一热。小围脖好像在鼓励小茶打起精神来呢。虽然不知道谁是哥哥谁是弟弟。

小围脖抬头看着我。

我觉得它在向我求救。要我救救小茶。

我离开小屋走向办公室。我要告诉老师。正要走进教学楼时，我发现学校的勤务员砂田先生在门口修理伞架。他是个胡子花白的大叔，已经在学校工作好多年了。

对了，这种事情也许告诉砂田先生更好。我立刻向他说明情况，砂田先生只说了一句"知道了，等会儿去看"，然后继续修起了伞架。

放学回到家，马上就要出门上钢琴课。

　　因为小茶的事情，我有点手忙脚乱，忘了带联络手册。跟老师说过后，老师对我说："那我今天就写在纸上给你吧。"

　　今天的课也很顺利，耀真君依旧是梦里才有的乖巧男孩，我们度过了一段平和又快乐的时间。

　　钢琴课结束后，就是惯例的点心时间。老师刚走进自己家，教室的外门就打开了。竟然是小胜跑了进来。

　　"姐，你忘了带联络手册，妈妈叫我送过来。"

　　他的头发睡得乱七八糟，T恤胸口还沾了中午吃的咖喱。

　　"干吗专门送过来啊，一次没带又无所谓。"

　　我不想让耀真君看见小胜，忍不住用了不耐烦的语气。

　　"不麻烦哦，我正好约了附近的朋友玩，顺便过来了。"

　　我接过联络手册，小胜看也没看耀真君，转身就走了。

　　我回过头，耀真君有点意外地说："那是千帆的弟弟？"

　　"啊，嗯。"

　　"哦……怎么感觉有点邋遢啊。"

　　啊？

　　被耀真君这么说，我觉得很丢脸，但是比起丢脸我更觉得生气。这种感觉让我很困惑。

　　见我不说话，耀真君又呵呵笑着说："他看起来很笨呢。"

　　说着，耀真君转过身去站在了置物架前。那个瞬间，我的左手突然伸了出去。我心里惊呼一声，却没办法阻止。左手对着耀真君的后脑勺轻轻拍了一下。

"你……！"

你这神明在干什么啊！

我险些叫出声时，耀真君惊讶地转过来，疑惑地嘀咕道："你?"

我慌忙打起了圆场。

"你头上有蚊子，但是没拍到。对不起。"

耀真君狐疑地点点头，摸了摸后脑勺。

真是的，要被神明害惨了。

他为什么打耀真君啊?

……话说回来，我为什么会生气啊?

小胜的确很邋遢，也是个笨蛋，并没有错啊。我每天都这样想。

耀真君看向架子上的雅致人偶。

"它后面是长什么样的呀。"

耀真君伸出一只手，我吓了一跳。因为老师说那个瓷器人偶绝对不能碰。可是耀真君应该只会拿下来看看，然后放回去吧。他绝对不会像小胜那样不小心打碎吧。

……我刚这样想完，就听见了一声脆响。

我吓得绷住了身体，而耀真君绷得比我更紧。人偶掉在木地板上，裙子被碰碎了。耀真君没抓住。

我们一左一右地看着无法修复的人偶，谁也不敢动。

"……耀真君，没关系。你不是故意的，只要好好道歉，老师一定会原谅你。"我尽量温柔地说道。

耀真君面如死灰，双眼噙满了泪水。

我打从心底里想——啊，我得保护这孩子，保护柔弱的耀真君。

耀真君是个懂艺术的孩子。他只是想看看漂亮的人偶背后是什么样。我得好好跟老师解释，请她谅解耀真君。

"我陪你一起道歉，好吗？"

我轻轻搭着耀真君的肩膀，他还是绷紧了身体，什么都不说。

这时，老师走了进来。她捧着一托盘的饼干和果汁，看见屋里的情况后，愉悦的表情突然垮了下来。

"啊，啊——！"

老师慌忙放下托盘，跪倒在地。

"我的……我的雅致……"

老师抬起苍白的脸，看着我们问道："怎么回事？"

耀真君的眼泪唰地流了下来。

"是耀真君吗？"

老师一开口，我就挡在耀真君前面说："他不是故意的。耀真君只是觉得瓷器人偶很漂亮，想拿下来看看，所以……"

请您不要责备他——我正要鼓起勇气说下去，耀真君却说话了："……是千帆打碎的。"

啊？

"我都说了不能碰，千帆偏要拿。"

耀真君放声大哭起来。

"啊？耀真君，你……？"

这突如其来的事态让我忍不住笑了起来。老师立刻斥责道："千帆，你笑什么笑？"

她接着说："每个人都有犯错的时候，有形态的东西总是会坏掉。所以你打坏东西我不会生气。可是千帆，说谎是最不应该做的事情。"

我无言以对，轮流看着老师和耀真君。

哪个大人看见耀真君美丽的泪水，心灵不会被动摇呢？看起来就很强势的我，还有柔柔弱弱的耀真君，大人愿意相信谁，当然是一目了然。

"千帆不是大姐姐吗，怎么能怪耀真君呢？"

姐姐。

……对了，我是姐姐。

耀真君伸手去拿瓷器人偶时，我没有立刻制止。这的确是我的错。

"……对不起。"我低下头说。

我用眼角的余光看到耀真君瞥了我一眼。

"算了。碎片很危险，老师来收拾。你们去吃点心吧。"老师冷冷地说完，催促我们坐到桌边。她收拾碎片的时候，我和耀真君都没有碰饼干，一直沉默着。

最后，我一句话也没跟耀真君说，就自己回家了。

回到家后，我也一直在想耀真君的事情。

吃过晚饭，我泡在浴缸里思索今后该怎么办。联络手册上只简单记录了钢琴课的内容。老师虽然说算了，但她一定很生气，而且搞不好我家还要赔偿十万日元。

我正泡在浴缸里发呆，左手突然震动起来。我还来不及细想，神明就从手心里跳了出来。

"啊，喂！不要！"

我慌忙用双手遮住身体。神明穿着那套运动服就这么泡进了水里，还舒服地叹了口气。

"好舒服啊。"

他哗啦哗啦地洗了洗脸。真是的，在浴缸里也跑出来，简直太任性了。我已经上六年级了，爸爸和爷爷都不会跟我一起泡澡呢。

"我喜欢泡澡。这种感觉好熟悉。"

"好熟悉？"

"像在妈妈肚子里一样。"

……肚子，同胞。

如果我跟耀真君其中一个不再去上钢琴课，今后就再也不会见面了。但是无论我跟小胜吵多少架、多么讨厌彼此，也是一辈子的姐弟。

我看着自己泡在水里的肚子。真不可思议。动物都是从肚子里生出来的。

"神明，耀真君不是最棒的弟弟。我只是刚见了他一面，就任性地把自己的理想安在他身上了。"

"嗯嗯。"

神明双手拢在一起，挤出一道水花。

我继续说道："小胜虽然很笨，但是绝不会做错了事推给别人，保住自己不挨骂。"

"他是个好孩子呢。"

"嗯。"

"所以家里人才会那么疼小胜呢。"

"……嗯。"

没错。

小胜是个好孩子。这我也知道。

爸爸妈妈、爷爷奶奶，都只知道疼爱小胜。可是没办法，我脾气那么犟，当然是天真又坦率的小胜更可爱呀。也许他们都觉得女孩子没意思。

"对，没办法，没办法。其实我也想撒娇啊。"神明拍打着洗澡水，大声喊道。

"你说对不对，小千？"他温柔地说完，突然又变回蝌蚪，钻进了我的左手。

我想起了神明第一次叫我"小千"的情景。

也想起了我当时为什么很开心——

洗完澡换上睡衣，我听见小胜在门外说："姐姐，你洗好了吗？"

打开门，小胜只穿着一条内裤站在外面。

"我想看九点的动画片，快点呀。"

我让大喊大叫的小胜进去，自己则走到了厨房。墙上的时钟显示现在是八点四十五分。妈妈正在洗碗。我站到冰箱前，想喝点牛奶。

"啊，姐姐，刚才钢琴老师打电话来了。"

我心里一惊，扶着冰箱门看向妈妈。

妈妈拿着洗碗布，脸转过来看着我。

"她说一个叫耀真君的男孩子跟妈妈一块儿上门道歉了。那个耀真君打坏了人偶，却没有勇气承认。"

……耀真君说出了真相啊。

我觉得全身的力气都松懈了。妈妈关上水，一边用围裙擦手一边说："老师还说她不该单方面地指责你，向你道歉了呢。姐姐当时给耀真君顶罪了，对不对？"

我的左手突然抬起来，抓住了妈妈的手腕。

妈妈吃了一惊。左手拉起妈妈的手，放在了我头上。这虽然是神明的行动，但我明白那是什么意思。

"……叫我千帆好吗？"

"啊？"

"别叫我姐姐，叫我千帆。"

左手拉着妈妈的手摸了摸我的头。好孩子，好孩子。

我不太记得了，但是在爸妈拍的视频里看到过。

小胜出生之前的我。

爸爸和妈妈都叫我"小千"或者"千帆"。还经常这样摸我的头。

"等等……你等一下哦。"

妈妈拿起毛巾认真擦了擦手，然后轻轻推着我的背，带我进了起居室。爷爷和奶奶都回房了，爸爸还没下班。

妈妈端坐在榻榻米上，张开双臂对我说："过来。"

我小心翼翼地凑了上去。妈妈像抱小婴儿一样紧紧抱住了我。

"对不起哦。妈妈看着小胜，就觉得千帆是个大人了。不过，千帆其实也还是个小学生呢。"

说完，妈妈摸了摸我的头，又摸了摸肩膀、手臂和后背。我的眼泪哗哗地淌了下来。

"千帆一定是觉得耀真君还小，所以要当大姐姐保护他对不对？我觉得啊，耀真君是明白了千帆的心意，才说了真话。"

我紧紧贴着妈妈的胸口，倾听她平静的心跳声。接着，我闭上眼，任凭妈妈的声音像催眠曲一样包裹着我。

"不过，给别人顶罪和一味忍耐并不是善意哦。别忘了，千帆也有千帆的重要前程。如果遇到为难的事情，你也可以像现在这样依赖妈妈呀。以后上初中了，甚至成了真正的大人，也可以一直这样哦。"

我用力点了点头。

我下定了决心。以后长大成人，甚至结了婚，也不会当一个养不熟的女儿。

"还有哦，千帆。"妈妈双手搭在我的肩膀上笑着说，"小胜出生的时候，是千帆自己得意扬扬地要我们以后都管你叫姐姐的哦。"

"……啊？"

是吗？原来是这样啊。

那个年幼的我，真的这么高兴啊。

高兴自己当上了姐姐，有了小胜这个弟弟。

"小胜刚才可担心了。他说姐姐今天只吃了两个炸鸡块，平时都能连吃五个呢。他看得好仔细啊。"

洗手间传来了小胜的叫声："现在几点啦？"

对了，我还没感谢小胜帮我拿了联络手册呢。我再一次紧紧抱住妈妈，然后站起来喊道："八点五十五分了，快过来！"

星期五。

午休时间，我去了动物小屋，想看看小茶怎么样了。

小茶没在。只有小围脖独自在小屋角落里啃菜叶帮子。

我很不放心，就去了办公室。可是砂田先生不在里面。他昨天真的帮我看小茶了吗？

实在没办法，我只好回到教室。我的值周到今天就结束了。

放学后，我对冈崎君说明了情况，跟他一起走出教室。

我们一路小跑着来到动物小屋，正好看见砂田先生走出来。他看见我们便嘿嘿笑了。

"砂田先生，小茶呢？"

"没事了，你看。"砂田先生指着铁丝网里面说。

"我带它去动物医院了。兽医说是消化不良引起的胃胀气，现在给它吃了药，已经没事啦。"

"……太好了。"

我松了一口气看向小屋，小茶正在用前腿洗脸。小围脖则在它旁边啃木片磨牙。真是一派平和的光景。砂田先生又说："兔子几乎不叫，生性又很安静，所以很难看出来生病了。连兽医都夸你们细心呢。"

"不是我发现的，是我弟弟说小茶没什么精神。"

"是吗？你弟弟肯定平时就很喜欢小茶吧。"

砂田先生笑着继续说道："那先这样了，我还有事呢。"说完他就走了。

"松坂的弟弟好厉害啊。"冈崎君说。

"嗯。"我应了一声，眼泪突然涌了出来。

小胜会发现小茶不舒服，是因为他平时就很喜欢小茶。

也就是说，他发现我只吃了两个炸鸡块，是因为平时就很关心我。

看见小茶没事，我突然安心了许多，再加上觉得小胜很厉害，又被他的关心感动，我的眼泪顿时停不下来，连冈崎君都吓了一跳。

"喂，松坂，你怎么了？"

冈崎君在这种时候嗓门还是那么大。我低着头，用开衫的袖子一下一下地抹着眼泪。

就在那时，校园里突然传来了一阵"嗒啊啊啊啊啊"的怒吼。我和冈崎君同时转过头去。

是小胜。他双手握着木刀跑过来，在离冈崎君两米远的地方猛然停下，举起了木刀。

"欺……欺负姐姐的就是你吧！"

冈崎君瞪大了眼睛。

"我就觉得很奇怪，姐姐手上被人写了奇怪的字，昨天还那么委屈。你要是再敢欺负我姐，我可就不客气了！"

木刀的尖端轻轻颤动着。

他握着木刀的手，撅着屁股叉开腿的姿势，还有奋力发出的声音，都在颤抖。他的身高和体重也许都只有冈崎君的一半。他明明从未用木刀打过人。

笨蛋。真是个笨蛋。

明明很害怕，却要迎难而上，真是太厉害了。

我唯一的，一母同胞的手足。

小胜，你是我最棒的弟弟。

"没关系的，谢谢你。"

我对小胜伸出左手，开衫的袖子缩了上去。露出来的皮肤光滑干净。看来动物值周结束的同时，我的神明轮班也结束了。

三番

新島直樹

（高中生）

今早喊我起床的是黑色肉垫。

对了，我忘了妈妈从昨晚开始要连上两个夜班。秋葵还在啪嗒啪嗒地拍我的脸。当然这个秋葵并不是植物，而是一只狸花猫。我得在它伸爪子之前起床。

秋葵叫我起床并不是为了照顾我这个起不来床的人免得上学迟到，也不是喜欢我喜欢得不得了，单纯是要我给它打饭。

爸爸独自去福冈驻扎工作，当护士的妈妈应该还没下班。抢先闹钟一步的喵喵拳比延时闹钟还烦人。

我撑起像是灌了铅的身子，跟秋葵一起走出凌乱的房间。我在起居室倒了一碗猫粮，秋葵立刻把脸伸进去嘎吱嘎吱地啃了起来。

我呆呆地看它吃了一会儿，然后拿出手机拍照。咔嚓、咔嚓。听见快门声，秋葵的耳朵朝这边竖了起来。咔嚓。

虽不知道它究竟懂不懂，但我觉得秋葵好像很享受被人拍照的感觉。它瞪着圆圆的眼睛，像在有模有样地摆造型。

拍了几张秋葵的照片后，我躺倒在沙发上，挑了一张最好的发上社交软件。

早饭，猫大人很满意。#秋葵

不到三十秒，那张照片就有人点赞了。是 Azami。她可能对我设了更新提醒，我也一样。

早上好啊，Azami。你起得真早。让在现实世界毫无希望的我稍微能感到一些现充[1]心情的，亲爱的关注者。

我当初怎么就选择了男校呢？不过就凭我这有限的头脑，也没什么选择。今年春天，我开始去一所乘巴士和电车需要一个小时的私立高中上学。

我在名叫"坂下"的巴士站搭车去电车站。那个巴士站在一段平缓的长坡下方，只在人行道上竖了一块小小的站牌。

今天第一个到的是外国人。我站在他旁边，拿出了手机。跟我一起坐七点二十三分这班车的还有穿西装的大叔、白领打扮的大姐姐和小学女生。每天早上都是同样的面孔，但我们从未交谈过，丝毫不了解彼此。

我和不知住在何处的 Azami 倒是经常交流。

不过所谓的交流，也只是互相点赞而已。我们谁都没有评论过对方的内容。

───────────

[1] 现充：来自日本的流行词汇，指现实生活充实的人。

可是。

哪怕她只在看内容的三秒钟想着我，并且有心为我点赞，我也觉得自己获得了生存在这个世界上的资格。尽管我并不能真正感受到 Azami 这个人并非虚拟，而是真实的存在。

我塞上耳机，用手机打开了视频软件。

接着，我又打开了连续播放三小时雨声的专栏。它真的只有连绵不断的雨声。不是以雨声为基调的舒缓音乐，而是单纯的雨声。

找到这个专栏时，我受到的冲击不亚于见到神明，甚至可以称为头脑的革命。仿佛要持续到永恒的雨声温柔而坚定地洗刷了我内心的污浊，比任何音乐都能让我心情平静。可是我并没有把这件事告诉任何人。反正他们只会说我性格阴沉。

按播放键时，我不小心扯松了耳机。就算漏音了，别人恐怕也不会听出这是雨声。但我还是用力塞紧了耳机。

上到高中后，我总算得到了一台智能手机。我觉得自己真的很能忍。在此之前，我的"手机"一直是从小学就在用的带报警功能的儿童手机。用它只能跟电话簿上的十个人打电话或发信息，而且不能拍照，不能上网，也装不了软件。爸爸说，如果要跟不是家人的人联系，用家里的座机就好了。

我没机会接触社交网络，大家聊起手机游戏时我也是一头雾水。我本来就不是合群的性格，又因为进不去聊天群而遭到排挤，整个初中阶段都只能愣愣地听同学理所当然地说网络热门词汇、讨论智能手机的功能。

我跟不上信息的潮流，被同学疏远，交不到女朋友，都是因为没有智能手机。我是真心这么想的。

录取通知拿到手后，妈妈看了一遍我的入学资料，对爸爸说："直树上的高中要在课上用到智能手机呢。现在时代已经变了。"妈妈肯定是觉得他这个儿子太可怜了。多亏了她，我总算成了智能手机用户。这是最棒的入学礼物。

这下我也能成为现充了！

……我满怀着这个希望开始高中生活，如今已经快两个月了。

然而，我依旧没有任何现充的迹象。不知为什么，我就是跟不上班里的气氛，还没有跟任何人加上好友，而且学校没有女孩子，交女朋友的机会反而更少了。

我因为在书店买了一本《灌篮高手》受到迟来的感动，一时冲动加入了篮球部。然而我并不擅长运动，初中加的也是美术部，仅仅两天就退出了。跟我一起加入的新生都有打篮球经验，唯独我被学长的大力传球吓得到处躲闪，又跟不上跑步的节奏，最后成了放学就回家的人。

尽管如此，这样的生活还是比只有儿童手机的生活强多了。就算看不到成为现充的希望，我至少能跟别人一样了。

刚拿到智能手机，我就得知有个转发抽游戏机的活动，于是为这个特意下载了社交软件注册账号。

因为想不出该用什么账号名，我就挪用了正好在旁边的秋葵的名字，还顺便拍张照片当了头像。

好不容易注册了账号，我就发了张秋葵的照片作为第一条发言，还模仿别人加了话题名。如果加的是"# 猫"，说不定会有更多人看到，可我没有细想，直接输入了"# 秋葵"。

第一条发言有两个回应。一个是看着像园艺工作者的账号关注了我。虽然不太清楚怎么回事，但我没有管它。

还有另一个回应。

有人给我点赞了。账号名叫 Azami，头像是长得像刺球的紫红色花朵。过了几天我才发现，原来那种花就叫 Azami。

我点进 Azami 的主页，里面没有性别、年龄和职业这些信息，只有一些不连贯的发言。比如"天晴了"，比如"不知从哪儿飘来了蒜蓉吐司的香味"。有时候她还会发些像是哲理诗歌的文章。

那种感觉像在偷看陌生人的想法，我着迷地看了一会儿。她偶尔还会发些手上拿着东西的照片。

从小就最喜欢的绘本是《橡子与山猫》。喜欢喝的饮料是 Bikkle 汽水。那只手的指甲修剪得很漂亮，还涂了薄薄的橙色指甲油，所以我猜测 Azami 是个女生。她的拇指第一关节下方有一道月牙形的伤疤。不知为什么，我觉得那个疤特别有奇幻色彩。

于是，我关注了 Azami 的账号。这是不懂规矩的新人一时兴起的举动。第二天 Azami 回关了我，于是我有了两个关注者。

一个星期后，园艺工作者取消了关注。后来偶尔也有金融类或约会类账号关注我，被我无视后慢慢取关。我关注了几个喜欢的搞笑艺人和动画片的官方账号，但他们不可能回关，所以我的固定关注者只有 Azami 一个人。Azami 那边也差不多，她关注了几个作家和插画家，除了我似乎没有固定的关注者。

我没抽到游戏机。但是托它的福，我得到了一个宝贵的互关好友。后来，我们就开始给彼此点赞。

对风景的简短描写，天气和季节的感受，读书的感想。Azami 的发言总是轻描淡写，但有着淡淡的温暖。

我在发言中从来不掩饰男性自称，还说过数学小测好难，在学校的自动售货机买到了奶咖真幸运之类的话，她应该能猜到我是个高中男生。

然后到了上个星期，我遇到了一件大事。

Azami 突然上传了自拍照片。我吓了一跳。

她看上去也是十几岁，白皙的皮肤带着清透感，眼睛又大又亮，脸蛋和下颌纤细柔和，给人一种清凉的知性感觉，又略显忧郁。她真的很符合 azami[1]这种花的印象。她轻轻握着左手放在嘴边，拇指第一关节下方有个月牙状疤痕。不会有错，那只手的主人

---

[1] azami："蓟花"的日语名称，属于菊科植物，是苏格兰国花，象征独立、严谨、稳重。

跟这个美少女是同一个人。

我忍不住保存了那张照片。Azami。每次都给我点赞的Azami。我感到心跳加速，点赞的拇指都有点颤抖。

第二天，那条发言就不见了。我真想夸夸自己及时保存照片干得太棒了。

嗯，原来是这样啊，原来 Azami 是跟我差不多大的女生啊。还这么漂亮呢。知道这一点后，我反而觉得她更神秘了。给彼此点的赞似乎也多了几分重量。

如果问我这是不是恋爱的感觉，我觉得有可能是。

可是我并没有更多的想法。我很害怕真的跟她有了关系会整天担心她怎么看我，或者一不小心说错话惹怒她。

既然如此，干脆保持现在这个状态好了。虽然一点都不现充，虽然止步于网络世界。我们可以一直待在不受人关注、也不会被爆光的地方静静地互相点赞，只需这样就足够了。

巴士沐浴着朝阳缓缓驶来。五月下旬，梅雨季节前的天空虽然晴朗，但我戴着耳机，心里却充满了清凉的雨水。

从校门走向教学楼的途中，我碰见了从另一个方向走过来的中田。

"哟。"中田打了声招呼，摘掉一边耳机。

"听什么呢？"我问了一句。

"零件。"中田说完，摘下无线耳机的其中一边递给我。方形零件是很受年轻一代欢迎的摇滚乐队。我小心翼翼地塞上他递来的耳机，很快就听到了快节奏的音乐。

"零件真不错啊。"

我像煞有介事地回答着，跟随节奏不停点头。听了一会儿，我哼着正好唱到的隐约有点印象的副歌摘下耳机，还给了中田。

我知道他的耳机很贵，因为之前在时间线上看到广告，我被吸引点进去看了看。一万八千日元。中田刚才借给我听的耳机带降噪功能，音色果然很清晰，比我从初中用到现在的九百八十日元的有线耳机强多了。

中田戴上耳机，用手指操作了几下，然后摘下来放进了胸前的口袋。这款耳机不用拿手机出来就能直接关掉。他这一连串动作特别帅气，看起来完全不像在听音乐，反倒像正在跟地球防卫军交流的近未来[1]动画片的主人公。

"上个星期我去看演唱会了。这首单曲虽然很棒，不过 B 面曲《你的回声》也特别棒。"

我含糊地应了一句，同时在脑中回放了一遍中田的话。《你的回声》。演唱会要怎么买票啊。

也许所谓的现充，说的就是中田这种人吧。

---

[1] 近未来：科幻题材中一个时间概念，泛指不久的将来，与"远未来"相对。

他不是那种很明显的帅哥。然而普通的长相反倒凸显了他的气质。只需仔细观察，就能看出他身上散发的聪慧感觉和坚定的精神。一旦注意到这种气质，就会觉得中田无论做什么都很帅。

他以特招生的身份进入了这所高中，开学典礼上还作为新生代表上台讲话了。他爱好摄影，技术堪称半职业级别，还得过好几次摄影类的奖项。

因为中田（Nakata）和新岛（Niijima）的字母顺序相近，从开学那天起，我就坐在中田后面，跟他有过一些交谈。不过中田经常跟其他合得来的性格开朗的家伙在一起，恐怕没把我当成朋友。事实上，他连我的聊天软件好友都没加。

有件事中田并不知道——其实我经常偷看他的照片墙[1]。我自己并没有照片墙账号，所以不是在软件上看，而是在浏览器上看。中田的照片墙从来不记录他去了哪里吃了什么，而是装满了让人感动的艺术作品。他虽然只是个高中生，但账号的关注者已经超过了一万，每次发图都有四位数的点赞。

中田拍摄的多数是风景，只有一个女孩子是例外。

她叫沙百合，是中田的女朋友。

但凡有她的照片，中田都会加 "Lily" 的话题。沙百合这个名字

---

[1] 照片墙：Instagram，通常简称 ins，一款分享照片和视频的社交软件。——编者注

应该源自百合花吧。上周末我们学校搞了文化祭，沙百合也来了，成了万众瞩目的焦点。那可谓是最现充的行为了。

我在班级搞的巧克力香蕉摊位上卖货，眼看着他们俩走了过来。沙百合有点紧张地拽着中田的衣角，是个无愧于 Lily 之名的小白花似的女生。纯净、高洁，绝对不能玷污的感觉。

虽然看照片已经很足够了，不过真人更有魅力，我拼命地试图寻找话题。因为她戴着白色串珠戒指，我就说："那个真可爱。"沙百合害羞地笑着说："这是中田君上次在跳蚤市场买给我的。"

"因为那天是沙百合的生日。"中田补充道。

他的语气很平淡，不过沙百合马上又说："然后还送了我一束百合花。"说完这句话，她的脸已经涨得通红。

虽然不知道他们交往了多久，不过沙百合还管他叫"中田君"，而不是直呼其名，听起来就像品行端正的恋爱，又让我羡慕不已。

我回忆着这些场景，跟中田一起走进教室时，他的手机响了。好像是沙百合发来的消息。中田站着回复了她，然后关掉了屏幕。

"你们关系真好啊，平时肯定不吵架吧。"我调侃了一句。

中田把手机塞进裤子口袋里，笑着说："吵啊。她经常说中田君总是不认真听我说话。"

……什么意思啊？

怎么听都像是秀恩爱。不知那个清纯的沙百合会用多么甜美的声音跟中田撒娇呢。我也想被女朋友这样说一说。

班主任走进教室高声说道："把报告收上来。"他说的是上个星期的职业体验的报告。糟糕，是今天交吗？被老师说我可高兴不起来。我慌忙在空白的报告上胡乱写了几句感想。我总是这样，做事情丢三落四，成绩也平平无奇。离现充真是太遥远了。

翌日早晨我走到巴士站时，周围还没有人。看来我难得当了第一。

我远远看见站牌的底座上有个小盒子。凑近一看更是惊呆了。

那是无线耳机的包装盒。上面贴着便笺，写着"失物"两个潦草的大字。

我四下张望，然后拿起了盒子。

这跟中田那副耳机不一样。我把盒子上的产品编号输入手机检索了一下，竟然是三万五千日元的高级货。这箱子看起来是崭新的，从重量可以猜测里面有东西。

如果我能有这样的耳机……

光这样就足够现充了。对音乐了如指掌，经济上也宽裕，肯定能酝酿出帅气的氛围。中田看见我用这个，肯定也会另眼相看地说："新岛你也挺能干啊。"

失主肯定想不到他的耳机会在这里吧。他也许是下巴士的时候不小心掉了，可是如果这东西真的很重要，就应该塞到包的深处啊。露在外面连掉了都不知道，也许失主是个受这点损失根本不痛不痒的有钱人。

想着想着，我的心跳开始加速。我再一次环顾四周，生怕有人突然走过来说"那是我的"。

……没有人。

平时坐车那几个人也还没来。

我的心脏跳得飞快，几乎要爆炸了。不可以，不可以，不可以。身体深处似乎有个声音在呐喊。可是，黏稠的欲望稍微胜过了理智。我想要。我想要耳机……想要成为现充的一员。

我在没有一个行人的街道边缘，把盒子塞进了书包。

午休时间，我确认后院没有人后，拆开了盒子。

里面装着闪闪发光的崭新的无线耳机和一份说明书。看见"通过蓝牙连接手机"，我陷入了困惑。我不太熟悉数码产品，看不太懂这句话。今天天气很闷热，但我头上的汗珠似乎不只是因为这个。

我照着说明书摆弄手机，没想到竟很顺利地配对成功了。什么啊，原来我也没问题。

我带着小小的成就感戴上了耳机。耳机完美地嵌合了我的耳道，仅仅因为这样我就一阵感动。

接着，我用手机打开视频网站，犹豫三秒之后，我在搜索栏输入了"方形零件"，然后点开中田说的《你的回声》，闭上眼睛。这是我第一次听的曲子。日本歌手的英语特别流畅，而且语速很快。歌的旋律节奏感十足，并且阳光上进。歌词变成了日语，原来是一首赞美恋人的歌。

连低音都那么清晰，真是舒服极了。最关键的是，无线耳机竟有如此畅快的开放感。此时此刻的我，成了自由的文明人。

对了，不如拍张照片发到网上吧。内容就写：新武器，入手！

但是打开相机的瞬间，我停下了动作。

——Azami 一定会给我点赞的。

"……"

我收起手机，摘掉耳机放回盒子里。

我边放边想，用它来听雨声，一定很美吧。

翌日早晨，我又被秋葵叫醒了。

我伸手去摸秋葵的脖子，突然觉得有些奇怪。被睡意模糊的视野中出现了奇怪的东西。

我手上有什么东西？

我睡觉时都用一件 T 恤充当睡衣，此时裸露的胳膊内侧赫然印着四个大字。

当值神明

"……啊？"

我感到莫名其妙，躺在床上盯着胳膊。

"秋葵，这是什么？"

我跟妈妈从昨天起就没碰上面，这肯定也不是秋葵干的，只是它正好在旁边，我就问了一句而已。紧接着，我听到了一个不是秋葵的声音。

"当班的，找到你啦！"

我吓了一大跳。只见床尾不知何时多了一个老爷爷，正端坐在上面。他额头以上光秃秃的，两边耳际却长着乱蓬蓬的白发，看着就像贵宾犬。

"你……你是谁啊。"

我往后缩了缩，老爷爷咧嘴一笑。

"我？我是神明。"

"……神明？"

老爷爷穿着暗红色的运动服套装，个子跟小学生差不多高。

秋葵毫不客气地爬上了老爷爷的膝头。这只猫平时对外人特别警惕，真是难得一见。老爷爷慈爱地抚摸着秋葵的背部。

这是怎么回事。如果这人是神明，难道我……

我开始检查自己的身体零件，老爷爷开口道："别担心，你还活着呢，Naoking。"

我瞪大了眼睛。他怎么知道 Naoking 这个名字？

我的社交账号昵称是"秋葵"，但是设定带 @ 号的用户名时，我用的是自己的名字"直树"稍加改动而成的"naoking"，并在后面加上了生日数字。被当面称呼"Naoking"实在是太羞耻了。King（王者）？真不要脸。

我满脑子混乱地看着眼前的光景。

异常乖巧的秋葵。

应该没有人知道的 Naoking。

这个老爷爷究竟是何方神圣？我正忙着疑惑，老爷爷突然歪着头说："Naoking，实现我一个愿望吧。"

"愿望？"

"嗯，我想成为现充。"

……啊？

"把我变成现充吧。"

"我……我凭什么要做那种事啊？"

"因为我是神明啊。"

我皱起了眉。虽然我是个呆头呆脑的高中生，但也不至于相信那个。既然对方这么坚持，那我也要反击。

"反了吧。一般不是神明实现人类的愿望吗？不如你把我变成现充吧。"

"不行不行。必须是当班的 Naoking 把我变成现充才行。"

我说也说不通，只能抱头疑惑。我让这个老爷爷变成现充？

对了，那副耳机。我本来打算今天早点去巴士站放回耳机，把它送给老爷爷，应该就行了吧。

我在书包里摸索了一会儿。

"……嗯？"

耳机不见了。

"怎么了？你不把我变成现充，当班就结束不了哦。"

"不，我记得是放在里面的……"

"有了那个就能变成现充？"

……不是。

对呀，老爷爷已经看出来了。他知道我偷走了耳机。

那一刻的我妄图拿走别人的东西变成现充。难道那是一种测试吗？我果然是个差生。并非作为高中生，而是作为一个人，我已经不及格了。

"世界最强，Naoking 参上！"

老爷爷朝天竖起一只手，摆了个战队英雄的造型。我连忙双手合十恳求道："求求你了，别叫我 Naoking。"

"可直树其实是 Naoking，不是吗？"

我觉得灵魂被看透了，顿时眼前一黑。

"那我就慢慢等吧。"

秋葵突然从老爷爷腿上跳了下来。那就像一个信号，老爷爷"嘭"地变成了小小的玉石。不对，与其说是玉石，那更像是地图软件的标记。我还没反应过来，地图标记就朝我的左手飞过来，径直钻进了掌心里。紧接着，我的手臂像振动模式一样抖动起来，很快又恢复了。

"……不会吧？"

坐在突然安静下来的房间里，我和秋葵面面相觑。那个老爷爷真的钻进我手里了吗？

他真的……真的是神明啊！

秋葵似乎并不惊讶，一脸无所谓地舔起了毛。

闹钟响了。我觉得这可能是一场梦，再次看向手臂，那上面确实印着"当值神明"几个大字，反复看了好几次都没有消失。

黄金周结束后，几乎没有学生穿外套上学了。大多数人都只穿一件白衬衫，天热的时候还有人卷起袖子。

然而我为了藏起手臂上的文字，上学时还是穿了外套。总之不能让任何人看见那几个字。

尽管我觉得自己藏得很好，神明却没有让我遗忘当值这件事。

午休时间，班上有四个人聚集在教室角落。我路过时看见他们在玩手机游戏。真好啊——我产生这个想法的瞬间，左手竟自己从上衣口袋里掏出手机，朝他们伸了过去。

我吓坏了。神明竟然能随意操纵我的左手，这可是前所未闻的设定啊。

那四个人呆呆地看着我。一阵尴尬的沉默过后，我含糊地笑了笑。

其中一人主动问道："新岛也要玩？"

"啊，呃，嗯。"

他们竟很干脆地接受了我。我还以为他们会奇怪地看着我，甚至拒绝我来着。

他们在玩的游戏叫《荒野行动》，我在旁边看了一会儿，等这一局结束后也下载了游戏加入进去。

虽然有点心累，但是我很高兴。第五节课开始前，我坐在自己的座位上叹了口气，抬手支着下巴，中田看了我一眼，竟然扑哧笑了。

"你那是搞什么啊？"

我惊讶地看向左手。糟糕，原来穿着外套也不是完全没事。因为支着下巴，外套袖子往下滑了一些，露出了一个大字。

神[1]

可疑。太可疑了。我慌忙假装开朗地说："啊，你说这个？就是……放学后得去神户屋买面包，我怕忘了，就想在胳膊上记一下，结果写大了。"

"哦。"中田笑着点点头。

"太好了。我看见一个神字，还以为你脑子有问题呢。"

我带着想哭的心情，拼命笑了起来。

饶了我吧，究竟要到什么时候才能结束轮班啊。让神明变成现充，这也太难搞了。

现充……话说回来，现充究竟是什么啊？

"还是女朋友吧……"我不自觉地喃喃着，中田瞪大了眼睛。

---

[1] 原文胳膊上的四个字为"神様当番"。

"女朋友？新岛，是女朋友叫你买神户屋的面包吗？"

"……呃，嗯。"我撒谎了。

"原来你有女朋友啊，长什么样？"中田笑眯眯地凑了过来。

我拿出手机，给他看了一眼之前保存的 Azami 的照片，很快就关上了。

"只看一眼看不清楚啊，让我好好看看。"

"不行。"

她这么漂亮，让他好好看了，他肯定不相信的。因为我完全配不上她。

如果我像中田那样该有多好啊。那我肯定能更有自信。

上次零件的演唱会太棒了。

我喜欢《你的回声》。

傍晚，我坐在回家的巴士上发了这条内容。我觉得那首歌真的很好听，是真心喜欢它。

这句话有几成是谎言，又有几成是真心？

那天夜里，手机推送了 Azami 的发言。

我打开一看，她发了去独立电影院"电影大师"的内容。她看的电影名叫《蓝，还有猫》。因为我没听过这部电影，就点进主页看了看。

那是一个法国导演制作的纪录片，主角是摩洛哥舍夫沙万城中的猫。电影没什么话题，在那个电影院也只放映一个星期，而且每天只排一场，应该是非常小众的电影。

但是我异常兴奋。因为电影大师离我家只有两站路。

我不知道 Azami 为什么发这条内容。是因为喜欢电影，还是因为有猫，又或者，她想说自己也住在电影院附近，想去看看这部电影……

突然，左手震动起来。"哎？"我刚喊了一声，神明就像小丑盒里的小丑一样弹了出来。

"喂，等等啊，你这算什么登场方式！"

神明并不理睬我的惊慌，而是大咧咧地说："早点习惯吧。"

"啊？"

我揉搓着手心和胳膊。这究竟是怎么回事，我的手心也没被钻开一个洞呀？

秋葵趴在房间角落的垫子上，看着神明摇晃尾巴。

"秋葵，来。"神明叫了一声，秋葵喵了一声，乖乖地走过来蹭他的腿。

"我喜欢猫。"

神明蹲下身抚摸秋葵，还轻蹭它的脸蛋。

"秋葵啊，Naoking 还没把我变成现充呢。"

"那、那你倒是说说我该怎么做啊。"

神明笑着抬起了头。

"我明天要去电影大师,看猫的电影。"

"啊?"

"说不定能见到 Azami 呢。"

"……不,那不行。"

"我就要去,电影大师!要是 Naoking 不去,我就去不了。"

因为他附在我手臂上吗?我好像看过类似的漫画。

神明握着拳头使劲挥动起来。秋葵吓了一跳,翘着尾巴回到了垫子上。

神明大声喊道:"我想要奔现啦!"

我吃了一惊。

看见那条发言时的兴奋,原来是因为这个。

我一直觉得不见 Azami 也可以,保持现状就足够了。可是我之所以这么心动,是因为内心深处一直希望能见到她。

"……可我也不知道 Azami 会不会来啊。"

"你要错过这个机会吗?"

机会。

嗯,对啊。Azami 不知道我长什么样。

我就看一眼 Azami。哪怕不说话,看一眼也行。如果只是这样……

第二天，电影安排在下午一点半开场，我提前一个小时到达了电影大师。

我特意穿了长袖 T 恤，但还是要小心不要被人看见。自从被中田嘲笑了胳膊上的"神"字，我就吸取教训，变得格外小心。

为此，我特意在左手腕缠了绷带。这样一来，别人看见了也只会以为我扭到手腕了吧。

电影大师是个座位数只有六十个的小电影院，平时也没什么人来。我暗自在来客中寻找反复看了好多次的照片上的模样，却没有发现那样的女生。

售票口外面是个小厅，我在自动售货机买了奶咖，放在长椅上坐着等待电影开场。

一个看似初中生的女孩子从厕所走出来，停在了自动售货机前。她穿着胸前有姆明图案的外套和牛仔裤。应该不是她，因为 Azami 没那么幼稚。

女孩子打量了一会儿自动售货机的内容，从钱包掏出了零钱。我漫不经心地看着她用食指点击按钮，险些喷出了奶咖。

拇指第一关节的下方有个月牙状疤痕。

Azami?

我屏着呼吸，看向那个女孩子的脸。不对，不是她。Azami 比她瘦，比她空灵……

那个女孩子脸圆圆的，眼睛很小，还长了雀斑。

可她买了 Bikkle 汽水。Azami 喜欢喝的。

我俩对上了目光。我想不起来要躲，不小心盯着她看了好一会儿。女孩子像是察觉了什么，明显吓了一跳，露出难以置信的表情。这时我总算转开了目光，然而已经难以掩饰可疑的举动。

我小口喝着咖啡，眼角余光观察到那个女孩子匆忙背过身，走进了放映厅。

我等了三分钟，也起身走了进去。女孩子坐在第三排的角落，我则在第四排的相反方向坐了下来。放映厅很小，这样也能仔细观察她了。

这种感觉就像坐在同一间教室里，偷看班上的女同学。

放映开始的铃声响起，场内灯光暗了下来。看完几个预告片后，《蓝，还有猫》开始了。

地面和墙面都涂成蓝色的小城舍夫沙万。电影没有什么故事情节，只是追逐着自由的猫咪们漫游在充满幻想色彩的蓝色城市中。我觉得自己在翻看一本相册，但是心不在焉，没怎么关注内容。

播放完演职员表，放映厅亮起灯光时，那个女孩子已经不见了。

我不想直接回家，便坐在车站星巴克的吧台座位上呆呆地想着事情。

那个人就是 Azami。虽然她长得跟照片不一样，但我就觉得她是。

她也猜到了我是秋葵吧，尽管有可能不太确信。

可是那张照片……

我难以释怀地盯着冰咖啡的冰块。

"哎，新岛？"

听见有人叫我，我抬起头，发现中田一手扶着吧台站在旁边。

"你一个人？"

"嗯。"我点点头，中田指了指我旁边的座位，像在问我能不能坐下。我又点了一下头。

"你也一个人？沙百合呢？"

"我在这儿等她呢。附近的画廊有个摄影展……"

说到这里，中田注意到了我的左手腕。

"新岛，你——"

他看着我，表情严肃得可怕。

"啊？"

"你该不会想不开……"

"啊？不对，没有没有！"

中田并没有像昨天那样开玩笑缓解气氛。原来如此，缠在左手腕上的绷带可能会引发我用刀子自残的误解啊。

"你要是有什么烦恼，不介意的话可以跟我说。"中田压低了声音。他真好，我有点感动。中田和我简直就像朋友一样了。

"……谢谢你。"我低头道谢之后，又看着他问，"什么摄影展啊？"

中田拿出传单给我看了。

"是樋口淳的摄影展，我很喜欢这个摄影师。"

"你什么时候开始搞摄影的啊？"

"小学三年级开始的。不过现在因为智能手机，所有人都能当摄影师了。而且还有很多功能强大的修图软件。"

修图软件。

我心中一惊，握紧了手上的冰咖啡。

"修图软件就是那个把脸变成小猫小兔子的东西？"

"嗯，也有那种，不过主要是磨皮、美化脸型和增大眼睛。无论是谁都能三下两下变成绝世美女。"

原来是这样啊，我头一回听说。我还以为只能变成动物呢。

"何况就算不修图，照片也能骗人。沙百合有时候在照片里就特别假。"

但是真人已经很可爱了呀。

"什么嘛，你又开始秀恩爱了。"我笑着说完，中田也咧嘴笑了。

这时，沙百合走过来，用眼神跟我打了招呼。中田拿起咖啡杯对我说声"再见"，就离开了店铺。

晚上，我独自坐在房间里，又一次打开了 Azami 的照片。

左臂开始震动，神明跳了出来。

"被骗了！"他一出来就喊道。

但是神明并没有生气，反倒捧着肚子大笑起来。

看见他那副模样，我也觉得全身的力气松懈了。

对啊，我的确觉得自己被骗了。

但我并没有生气或是失望。怎么说呢……我感觉体内有股热乎乎的、会心一笑的感觉。

我被骗了。原来她不是长这样的。

受到神明的影响，我也笑了起来。原本不成形的模糊感情渐渐变清晰了。

我逐条看着 Azami 的发言。

《橡子与山猫》、Bikkle 汽水、喜欢蜻蜓但是讨厌虹、心里躁动的时候会画蜡笔画、只用开水烫了一遍的春季蔬菜很好看。

完全没有异样感。应该说，那个女孩子反倒更符合这些发言里的 Azami 的形象。

"这张照片上的 Azami 是很漂亮，可我觉得真人也很可爱哦。"

"……嗯，我也觉得。"

"喂，我想跟她交朋友。"

"啊？"

"我想认识她。我想变成现充啦。"

"要让 Azami 跟神明见面吗？"

神明在胸前竖起食指，左右摇了摇。

"你好笨啊。都说了，我要在 Naoking 身上体验。Naoking 是高达，我是阿姆罗·雷[1]。"

"啊……你说什么呢？"

"Naoking，你快去跟她交朋友啊。"

"不对，等等。我又不知道她怎么看我。"

对啊，现在最大的问题是这个。

她可能觉得我比她想象的还要不起眼。搞不好 Azami 只想保持在网上互相点赞的关系，并不想在现实世界中有接触。

"神明走啦！"

神明又变成地图标记，瞬间钻进了我的手里。

接着，左手拿着手机打开社交软件，大拇指熟练地打了一串文字。

在电影大师看了《蓝，还有猫》。太好看了。

明天还要再看一遍……不知能否见到她。

这……这是在说什么呢？！明显是给 Azami 看的消息啊。什么

---

[1] 阿姆罗·雷：《机动战士高达》系列中的角色。

"……不知能否见到她"啊，少女写诗吗？太羞耻了吧。

这种文字太丢人了，根本发不出去。我试图阻止，但左手还是不依不饶地按了发送。我长叹一声。

不过，如果——

如果 Azami 在看到我的那一刻认出了我，觉得可以跟我见见，那她明天也许会来。

比平时晚了整整二十分钟，Azami 给我点赞了。

第二天星期日，我又是一点钟就来到了小厅。

绷带容易引发多余的想象，或者说容易令人担心。于是再三考虑之后，我套了个红色耐克护腕。

中学毕业后的春假，我决心高中入学就加入篮球部，特意去买了这个护腕。然而它后来变成了用不上的东西。但是，也好。现在竟在意想不到的时刻用上了它。

我紧张地等了一会儿，看见自动门打开，那个女孩子走了进来。

果然……果然她就是 Azami？

突然，左手自己举了起来，仿佛在对她打招呼。我吓了一跳。神明啊，求求你别乱动好吗？

我急着想要放下手，但女孩子已经发现了。她咬着唇，对我颔首致意。这下没跑了。她就是 Azami。

事已至此，我只能咬着牙上了。我站了起来。

"那、那个，你是 Azami……Azami 同学？"

Azami 点了一下头。

她今天没有穿风衣和牛仔裤，而是穿着一件草莓色的连衣裙。她的眼睫毛上沾了一些黑色的团块，像是努力尝试过自己并不熟练的化妆。

"你……你好，我是秋葵。"

"……你好。"

我们站在电影院门口，陷入了沉默。

随后，我深吸一口气，挤出了笑容。

"我叫新岛直树，你可以叫我直树。我该怎么称呼你呢？"

"……Azami。"

"啊……嗯。也对啊。"

原来，互相称呼真名还太早了啊。

"那个……你要看电影吗？"

"嗯。"

我们走向售票窗。我先买完票，Azami 走上去说："高中生票一张。"原来她不是初中生啊。

"您带学生证了吗？"售票员对她说。

Azami "啊"了一声，在包里翻找起来。

她的学生证落在了我脚边。我捡起来，忍不住看了一眼姓名。

Y 高中二年级，村山菊子。

Azami 露出了糟糕的表情。

Y 高中是一所私立女子高中。原来她已经高二了呀。没想到她看起来这么小，却比我大一岁。

我们沉默着走进了还亮着灯的放映厅，在中间找了座位并排落座，宛如两个在班会上抽签换座、碰巧成为同桌的人。

Azami 用几乎听不见的声音说："……还是被你看见了。菊子这个名字好丢人哦。"

"为什么？我觉得很可爱呀。"

这是我由衷的感想。

Azami 涨红了脸，辩解似的加快了语速。

"可是这个名字一点都跟不上时代。我上小学时经常被人说是阿菊人偶呢。"

"人偶有什么不好，那应该是夸你吧。"

"不是菊花人偶啦，是阿菊人偶，头发会自己变长那个。那可是恐怖片哦。"

"……那的确有点糟糕。"我看着天这么一说，Azami 忍不住笑了。

"我觉得……"

"嗯？"

"松了口气。"

Azami 看着我，露出了灿烂的笑容。

"你不用叫我 Azami 了，就叫我菊子吧。其实我也很喜欢自己的名字。"

我听了也跟着高兴起来。

"自己喜欢不就好了，不用管别人怎么想。"

"也对啊。"

我们对视一眼，同时笑出了声。

铃声响起，照明熄灭。跟昨天一样的预告片，跟昨天一样的电影。但是跟昨天的心不在焉相比，我今天看得十分投入。

在我旁边轻声笑着的圆脸女孩从 Azami 变成了菊子，渐渐融入我的现实世界。

看完电影，我们一起走出电影院，实在想不到接下来去哪里好，就顺着道路笔直地走了一会儿。走到十字路口，菊子说："从这里拐过去有个公园。"原来她看完电影回家时偶尔会去那里走走。

走到公园后，我在门口的自动售货机买了奶咖。拿出奶咖后，左手擅自拿出零钱，又塞进了机器里。应该是要我给菊子也买瓶饮料的意思吧。也对啊，我应该请她喝饮料才对。阿姆罗·雷，你很懂嘛。我第一次对神明的行动心怀感激，回头看向菊子。

"呃，你喝这个吗？"我指着机器里的 Bikkle 汽水。菊子先是瞪大了眼睛，然后笑着点了点头。

……可恶，好可爱啊。

我拿出 Bikkle 汽水递给了菊子。菊子没有推托，说了声谢谢就接了过去。以前只能在手机屏幕上看见的手，如今在我眼前动了起来。

这个公园很大，种着许多种类的树，还有个小小的草坪广场。我们边走边聊了一会儿。我告诉菊子，秋葵是妈妈领养回来的猫，因为喜欢吃秋葵而得名。菊子说她在网上查秋葵的菜谱做家政作业，没想到点开了我的发言。

她觉得《蓝，还有猫》里面那只睡得很香的奶牛猫最可爱。

"日光东照宫不是有睡觉的猫嘛，就像那个一样。"

我上小学时去过日光东照宫。其实这一带的小学生秋游都会去那里。日光东照宫参道入口有一座猫的雕塑，我清楚记得旁边还竖着招牌，上面写着"↑头顶·睡觉的猫"。

"你真的很喜欢猫呢。"

"嗯。我上幼儿园时，偶尔会有志愿者来念书给我们听。其中有个念书特别有趣的姐姐，听她念了《橡子与山猫》后，我就特别喜欢那本书，也特别喜欢猫了。"

《橡子与山猫》是宫泽贤治的作品。我对这个作家的了解，也许只有收录在国语教科书里的《不畏风雨》吧。一开始我觉得那句莫名其妙的"常被人说成是傻瓜"很好玩，但是仔细想想，却有点过分了。如果有人叫我傻瓜，我肯定很伤心。因为我真的是傻瓜。

菊子低下头，有点沮丧地说："可是我对猫毛过敏。"

"啊，真的吗？"

"特别严重，就算没有碰，只要待在同一个房间里也会不停打喷嚏，还会长荨麻疹。所以我只能在网上或者电视上看看。"

那也太可怜了，我根本无法想象。

"可以说，我一直都怀着对猫咪的单相思。因为我都不能靠近它们呀。对我来说，猫就像虚拟世界的生物，跟动画片角色差不多。"

菊子眯着眼睛看向我。

"我好羡慕直树君哦，你真的能跟猫咪一起生活。"

……是吗？我有点反应不过来。原来早上被肉垫拍醒，竟是这样地幸福。

前面的树荫下有张长椅，我们走过去坐下。

菊子指着我的护腕说："你经常运动吗？是运动社团的？"

我不由自主地"嗯"了一声，然后点点头，随即陷入了深深的罪恶感。然而我不好意思说"为了好看"，更说不出"我现在是当值神明"，因此毫无办法。

菊子又问："什么社团？"

"呃，篮球？"

"篮球！"

不知为什么，菊子特别高兴。慌乱中喝下的奶咖汹涌地穿过了食道。

"你平时也戴护腕吗？"

"我很容易出汗，戴着觉得放心一些，方便擦额头什么的。"

"莫非你是首发队员？"

"嗯……"

为什么？为什么，为什么我不否定啊？一层层谎言堆叠起来，变成了脚下的土壤。

"好厉害！一年级就能当首发队员啊。"

"没有，也不算什么。"

我焦急地东张西望，试图改变话题。

菊子突然兴奋地说："啊，你看，这个公园有篮球架呢。"

我的呼吸停滞了。

真的，我刚才都没看见。顺着菊子的手看过去，那边果然有个被树木环绕的篮球架。

菊子遗憾地说："唉，可惜没有篮球啊。"

"就……就是啊，如果有篮球就好了。"

"我不擅长运动，真是太佩服你了。不过我很喜欢看比赛，可以去看你的比赛吗？"

"……啊。"

我一直努力挤出来的笑容消失了。

怎么办，现在说都是开玩笑的还来得及吗？可是她接连夸了

"好厉害""佩服你",虽然我挺不习惯,但是非常受用,更不想否定了。

我低着头,小声答道:"这样有点……不好吧。毕竟是外校学生。"

片刻的停顿后,菊子说道:"这样啊,说得也是呢。"

我知道她在很努力地微笑。

我得找个别的话题。比如秋葵,比如菊子喜欢吃什么。可是我的嘴巴怎么都张不开,就这样沉默了许久。

后来,是菊子打破了沉默。

"那个,我的自拍……"

"嗯?"

"跟我长得完全不像,你是不是吓了一跳?"

菊子不好意思地低下了头。我夸张地歪着头表达了疑惑。

"嗯?真的吗?"

"对不起啊,我修图修得太过分,骗了你。"

我继续蹩脚的演技。

"是吗?你不是很快就删了嘛,我记得不太清楚了。"

"……真的?"

"嗯。"

菊子耷拉着肩膀长出一口气,喝了一口汽水。

"直树君。"

"嗯。"

她定定地看着我，眼睛水灵灵的。我看得正出神，菊子的嘴唇动了起来。

"你还愿意见我吗？"

我控制不住脸上的笑容。

"啊，这肯定就是现充的生活吧。"我在房间自言自语道。书桌上虽然摊着英语练习册，可现在哪里是做作业的时候呢。

她说：你还愿意见我吗？她的眼睛还那么亮，好像特别期待似的。

呵呵呵呵。呵呵呵，呵呵呵呵呵呵。我在练习册角落里写了"菊子"两个字，用心形圈上。

可是有点奇怪啊，胳膊上的文字还是没有消失。

为什么？难道我要跟菊子正式交往，才算完成轮班吗？

但那只是时间的问题吧。刚才不小心忘了跟她加聊天好友，不过不要紧。

推特也有私信功能啊！我回到家时，菊子给我发私信了！她说："今天谢谢你。"

哈哈哈——我正得意地大笑，左手突然震动起来。神明出来了。他也许是来通知我轮班结束的。

"Naoking，你在搞什么呢？我说我想变成现充啊。"

神明抱着胳膊，气得脸蛋鼓了起来。

我听得愣住了。

"为什么？我已经是现充了啊。"

女生主动跟我说还想见面哦。这难道不是十六年来最大的成就吗？

神明挠着下巴说："Naoking 觉得现充是什么啊？"

"……是，什么？"

我陷入了沉思。

对呀，我一直在思考这件事。

现充究竟是什么？我默不作声地看着练习册，神明又钻进了手心里。

胳膊上的文字没有消失，肯定证明神明还不够满意。

第二天，我用私信约了菊子到电影院附近的画廊。之前上网查了一下，中田说的樋口淳的摄影展一直办到星期三的晚上八点。

星期三放学后，我们在电影大师附近的车站碰头，从那里前往画廊。摄影展的规模没我想象的大，一下子就看完了，但是特别好看。展示出来的照片都充满了日常的小小幸福和为他人着想的温柔。

走出画廊时天色还很亮，于是我们又去了公园。我刚走到自动售货机前，菊子就说："上次你请我，这次换我来。"说完，她就选了奶咖按下去。

我们走到上次的长椅上坐下，一起喝饮料。穿着制服约会，这还不算吗？没想到我也会有如此现充的经历。

我突然注意到菊子拇指上的伤疤。月牙形状。对我来说，那是Azami@菊子的重要标记。

真正见面前，我曾经幻想过Azami是月亮来的仙女，或者小魔女。

我呆呆地看着菊子的手指，不知不觉……真的是不知不觉，左手自己动了起来，一把抓住菊子的手。

菊子惊讶地抬起了头，我也吓了一跳。我慌忙放开她的手解释道："不……不是！这不是我，是左手自己动了！"

哇啊啊啊，神明，求求你了。你这样真的叫我很为难啊。

我用右手按住左手，左手也不服输地攻击起了右手。混蛋！色鬼老头！给我老实点！

我正忙着左右互搏，菊子呆呆地说："……你在干什么啊？"

"不，就是我的左手……"

"别在意，我没觉得讨厌，只是觉得这种事要讲气氛……"菊子低着头扭扭捏捏地说。

啊？气氛？只要有气氛就可以吗？

不对不对，我到底在想什么呢。

为了糊弄过去，我问道："你拇指上的伤疤，是怎么弄得？"

话都说完了，我才意识到这可能是个不该问的问题。搞不好背后隐藏着重大的秘密，比如阴暗的过去。但是菊子很干脆地回答了我。

"哦，你说这个吗？这是我小学上手工课的时候不小心用美工刀划的。"

哎哟，听着都痛。

还真不该问。我稍微一想象，就觉得后背发凉。

原来她既不是月亮来的仙女，也不是小魔女。这就是现实。

"这个疤很好玩哦，你瞧，拉扯周围的皮肤，它会变成各种形状。"

菊子用右手拇指和食指捏着疤痕周围，扯了两下。

"又能变细又能变圆，像猫咪的眼睛一样。"

伤疤像猫咪的眼睛？好玩的其实是菊子啦。

秋葵的眼睛确实会随着光线变化形状。确切地说，是眼睛里的瞳孔的形状。

菊子像讲故事一样高兴地说道："听说以前的人会看猫眼睛估算时间呢。眼睛变得像鸡蛋，就是早上八点，像柿子籽就是早上十点，像针就是正午。"

"猫眼睛变成针，就该吃午饭了，这样吗？"

"对，猫钟。"

"你怎么知道这么多，好厉害啊。"

我感叹了一句，菊子摆摆手。

"因为摸不到真的猫咪，所以我才会关注这些。因为我只能通过看书了解猫咪啊。"

她的鬓角周围有点发红，是不是被夸奖了害羞啊？

菊子突然抬起头。

"直树君，你是 K 高中的啊。"

"啊？呃，嗯。"

她在看我的制服领口，应该是认出了校徽。

"其实我有个堂兄是 K 高中的毕业生，他也是篮球部的，现在还偶尔回去指导学弟呢。他叫村山修，你跟他说过话吗？"

我的心脏怦怦直跳。

"啊，嗯？"

全身的血液开始沸腾。我含糊地应了一声，忍不住站了起来。

菊子也跟着站了起来。我们又走了起来，这下就算不说话也没那么尴尬了。

路旁的绣球花含苞待放。黄绿色的花萼轻轻捧着蓬松的粉红色花蕾。绣球花长得就像花束一样呢。菊子拿出手机，拍了一张照片。

"好可爱。即将盛开的花，真好。"

菊子拿着手机，对我露出笑容。

"我们一起拍照吧。"

"啊……那个，我不太行。"我苦笑着拒绝了。

一想到菊子可能把我的照片拿给堂兄看，我就不敢留下任何证据。那会让她以最糟糕的形式发现 K 高中的篮球部并没有我这号人。

我觉得自己拒绝得很委婉，可菊子的表情还是僵住了。我顿时慌了手脚。

"不是，那个……"我实在找不到别的借口，彻底陷入窘境。

要不，还是全部交代了吧。我一点都不擅长运动，而且还出于虚荣撒谎了。

……不行，菊子一定会讨厌真正的我。

怎么办，我到底该怎么办？

尴尬的气氛仍在继续。

菊子收起手机，低声说道："直树君，你是不是给朋友看了我修过图的照片？"

我心中一惊。她并没有指责我，而是平静地提问。面对她的表情，我无法隐瞒。

"呃……嗯。"

菊子轻叹了一声。

"你知道吗？日光东照宫有一根柱子被刻意倒过来，没有完工。"

她怎么突然说起这个了？

我觉得很不可思议，但还是应了一声："是这样吗？"

"你知道为什么吗?"

我摇摇头。菊子慢悠悠地说道:"因为一旦成了完全体,接下来就只有慢慢瓦解。"

菊子抬头看着天空。

"……最开始,我只是想去掉雀斑。"她仰着头,慢腾腾地说着,像在对远方倾诉。

"修图软件就是这样,用的人可能一开始只想让皮肤变漂亮,然后就沉迷进去,想把脸变瘦一些,让下颌线条好看一些,让眼睛变大一些……一点又一点累积起来,就会变得特别好看,让人停不下来。本来觉得如果我长这样就好了,后来慢慢认为这就是真正的自己。"

我只能默默地听着。菊子闭上了眼睛。

"我没想到会在现实中见面……只想让每天互相点赞的秋葵觉得我是个漂亮的女孩子。"

我感到胸口一紧。

我们的心境原来是一样的。我很想表达自己的心情,却不知如何转换成话语,张开的嘴又闭上了。

菊子转过来,正面看着我。

"其实我很高兴。直树君鼓起勇气来见我,看到我真正的长相后还愿意跟我交朋友,还夸我的名字很可爱。我真的很高兴。"

接着,菊子小声继续道:"但是,我也很不安,一直担心直树君是不是更喜欢美化过的我。你还把那张照片拿给朋友看了吧。所以你才不愿意让我去看比赛，也不愿意被别人看到我们的合影，对吧？那个 Azami 明明跟我不一样，但是直树君这么善良，见面之后没能拒绝我，对不对？"

不对。不是这样的，我其实……

我其实什么？我做了什么，让菊子产生了这样的误会？

"那张照片里的我，是谎言的完全体，所以它最后崩溃瓦解了。"

菊子既没有生气，也没有流泪。

她安静地笑着，小声说道："再见。"

菊子转过身。

神明啊，这种时候你不该替我行动吗？

快替我拉住菊子，说一声"等等"啊。

然而我却像木偶一样呆站着，任凭菊子的背影远去。

次日，我扒拉了两口午饭的便当，便在后院一直听雨声专栏。

昨天晚上，我的关注者少了一个。我猜测是 Azami，打开一看竟是真的，不由得大失所望。更让我失望的是，我的关注列表里也没有了 Azami。我以为被她拉黑了，但是仔细一看，她好像注销了自己的账号。

这下，我跟 Azami 的联系，就完全断掉了。

账号仅仅是一串字母和数字，却把我们维系在了一起。那一刻，我不禁愕然。因为我所依靠的，竟是如此脆弱而易碎的东西。

我听着雨声，整个世界都像笼罩在沙尘暴之中。

用户名，naoking……

老实说，Naoking 是我上幼儿园时想象出来的英雄。一天午睡时，我看见有个孩子穿着甲虫王者的睡衣，于是想象了这么一个英雄。

我让 Naoking 住在了自己心中。Naoking 是无敌的、勇敢的、心地善良的王者。就算喝不了牛奶，就算被高大的孩子抢走了玩具，就算妈妈一直不来接，我也不会哭。我的身体是强大的机器人，坐在里面操作的 Naoking 才是真正的我。

直到上中学前，我还经常想用 Naoking 编故事，但是经常很不顺利，后来就慢慢遗忘了。注册推特想用户名时，这个名字才像盒子里的小丑一样，突然跳了出来。

所以神明说出这个名字时，我吓了一跳。

"可直树其实是 Naoking，不是吗？"

勇敢无敌、心地善良的王者。曾经，我希望自己是这样的人，又鼓励自己一定要成为这样的人。

左臂震动起来。这个神明在学校也要跑出来吗？可是我已经不想抵抗了。

神明钻出左手，坐在我旁边。

"我喜欢雨声。"

我明明戴着耳机，神明的声音还是很清楚，就像直接从耳机里播放的一样。

"哼，干什么都不顺利。"

神明突然抱怨了一句，像火男面具一样噘起了嘴。

"篮球部首发队员，看过零件的演唱会，有个恩爱的女朋友，这不是完美的现充吗?!"

听了神明的话，我不禁垂头丧气。那到底是谁的现实啊?

我的现实是什么?

想打篮球，但是第一次尝试就失败了。从来没去过演唱会，顶多在视频网站上看看。跟菊子也相处不好。

菊子对精修照片的事很自责，但那根本不算什么。因为她来见我了呀。她用真实的面貌来见我，还跟我道了歉，说她不应该骗人。

而我呢，却试图精修自己的现实，展示给她看。

我抱住了脑袋。

雨声越来越大。神明重新钻进了左手。

哗啦——树丛那边有动静。我看了过去。

是中田。他脖子上挂着单反相机。

"哎，新岛?"

中田走了过来。我摘掉耳机，问了一句："你在拍照?"

"嗯，想趁现在拍几张樱花夹着嫩叶的照片。等会儿太阳下山了，光就不对了。"

他注意到我没精打采的样子，转而问道："怎么，跟女朋友吵架了？"

"……算是吧。"

说完，我马上纠正了。

"不是，对不起。其实她还不是我女朋友，我只是暗恋而已。可我只知道粉饰自己，没能好好表达自己的心意……被彻底甩了。"

中田把相机对准樱花树。咔嚓。尖锐而厚重的响声。真实的快门声。这时我不禁感叹，用手机拍照的声音只是在模仿它而已啊。

中田看着樱花树说："七次。"

"啊？"

"我被沙百合甩了七次。"

我瞪大了眼睛。中田再次端起相机，有点打趣地说："怎么说呢，我从小学一年级就开始单恋她了。后来经历过起起伏伏，决定尝试七次。"

咔嚓。

一阵清脆的响声过后，中田继续道："到第八次表白时，她终于答应了。在初中的毕业典礼上。所以虽然花费了九年，我们才交往了两个月。"

好厉害。

我突然觉得仅仅因为一次误会而陷入绝望的自己很渺小。

"这九年来，如果没有单相思，我肯定不会做这么多努力。小学低年级时，我的学习一点都不好，而且因为是班上个子最小的，又很爱哭，经常被人欺负。我还被沙百合救过好多次呢。"

"啊，被沙百合……"

"嗯。她的正义感特别强。因为这些事，我很希望被沙百合另眼相看，就凭借这股动力做了很多努力。我拼命学习，尝试了很多事物，想找到自己不输给任何人的长处。努力到现在，我总算有了回报。"中田轻抚着相机说，"想让喜欢的人另眼相看，死要面子，拼命努力，最后得到成果，我觉得这样一点都不坏。"

我头一次看到中田温和的表情，自然而然地说出了内心的想法。

"……中田啊。"

"嗯？"

"你决定尝试七次，最后却尝试了八次。我觉得你这一点最厉害了。"

中田露出了灿烂的笑容。

"哦，朋友啊，你挺会说话嘛。"

中田朝我伸出了拳头，我也笑着跟他碰了拳。

像朋友一样的中田和我，这下好像真实地成了朋友。

那天放学后，我去了体育馆。

我没有事先预约，就去了篮球部。

我先向部长道歉，说自己不该两天就放弃了，然后恳请他再次让我加入。

有的队员毫不客气地盯着我看，甚至有的人窃窃私语，发出笑声。

"那从今天开始，再试试看吧？"部长这样说着，接纳了我。

篮球部的队员都穿着统一的队服，只有我穿着学校规定的体操服和室内运动鞋，显得特别扎眼。不仅如此，因为胳膊上有字，我穿的还是长袖。更过分的是，我一个彻头彻尾的新手还戴着护腕。但我告诉自己，现在正是让它派上真正用场的时候。

"开始三对三吧。"部长推了我一把。

队员们向我投来了好奇和嘲笑的目光。我接过号码背心，走进球场。

曾经，我真的很想打篮球。

我想变得像灌篮高手的角色那样帅气。然而那些登场人物都拼了命地练习，我却稍微尝试了一下就觉得自己不行，轻易放弃了。

篮球带着风传到了我手上。我接不住这么大力的传球，慌忙跑去捡了回来。

"投篮！"部长大喊一声，我对准篮筐奋力扔出了球。篮球撞到篮板角落，落在篮筐边缘弹开了。

“可惜！”刚才还在笑话我的一个队员遗憾地喊道。

那个瞬间，我内心涌出了一股热意。

……对啊，只是可惜，并不是完全不行。

我再一次投篮，没有命中。不过，如果加把劲练习，我也许能命中。再一次，再一次。只要不断练习就好了。一直练到能把篮球投进那个圆圈——

星期五一早就在下雨，雨势还有点大。

我听着现实的雨声，走向巴士站。

明天是五月最后一个星期六，也是菊子的生日。

我清楚记得拾起学生证时看见的数字。

那天过后，我又发了几条内容。秋葵的照片、英语小测的抱怨、看见便利店在卖黄色的西瓜。

我怀着一丝希望，菊子可能会开新账号关注我。然而，我一个点赞都没得到。

我想在菊子生日那天见到她。但是菊子的行动也许表明，她再也不想见到我了。

来到巴士站，我看见了平时一起等车的小学女生，旁边还站着一个背黑色书包的瘦小男生。那是个生面孔。雨点打在女生的红伞上，溅起无数的水花。

我走近时，女生突然大喊一声：“你真是太差劲了！”

我以为她在说我，忍不住看了过去，原来女生在对男生发脾气。

"明明是小胜说担心动物小屋漏雨，要提前过去看看。难得我等你一起出门，结果你却说书包是空的，怎么回事啊！"

"我想起来了，昨天同学说我的书包很臭，我回家一看，原来里面的白菜烂了，还沾到了书上，所以我把东西都拿出来，可是忘记放回去了。"

"你书包里怎么会有白菜啊？还没用东西包着！"

"我想喂给小茶吃，结果忘了呀。哈哈，姐姐，你今天还是先去吧。"

男生嘿嘿笑着跑走了。

我漫不经心地看向女生。

女生看着疑似她弟弟的男生甩着雨伞渐渐跑远，竟然呵呵笑了。她的目光透出一丝慈爱，仿佛在说"真拿你没办法"。

刚才她还很生气，说男生很差劲啊。我就这么看着女生，不小心跟她对上了目光。于是，我忍不住说："你有个弟弟啊，关系真不错。"

"我不知道那样算不算关系好……"

女生歪着头笑了。

"不过小胜……我弟弟是最差劲的，也是最棒的。我很了解两个样子的他，所以很珍重他。"

最差劲的，也是最棒的。两个样子都了解、珍重的人。

女白领、西装大叔、外国男人。这些从未交谈过的人，却在不知不觉间让我产生了感情。

上了巴士后，我一手抓着吊环，另一只手拿起了手机。

我习惯性地通过浏览器打开了中田的照片墙。他上传了昨天的樱花夹着嫩叶的照片，还是那么有艺术感。

这时，我突然意识到一件事。对啊，就算没有账号，也能通过浏览器看到我的发言。

说不定……说不定，菊子也一直在看我的发言。

我打开软件，在发推文的界面认认真真地输入了文字。

明天是我珍视的人过生日。

在猫眼变成针的时刻，我在篮球架下等她。

我发了一条全世界的人都能看见的推文。

不过，只有我和菊子能明白话里的意思。

她也许不会看，但也可能会看。我只能尽我最大的努力。发推文。

雨水打在巴士窗户上。空中落下的雨点化作水滴，顺着车窗滑落。就像推特一样。喃喃细语。流淌在时间线上的点滴话语。

在无数的雨滴中，菊子发现了属于我的那一滴。

互相点赞的行为一点都不虚幻。那是生活在同一个时代的我们，用真实的行动互相表达的珍贵心意。

星期六，天气晴朗。

我在前往公园的路上，到车站门口买了一束花。因为我想到了中田送给沙百合的百合花，决心学一学他。

花店里有个扎着马尾辫的黑发女店员，开朗地说了一声"欢迎光临"。

"那个，我想买菊花……"

店员听了，马上带我走到摆放菊花的地方。

白色与黄色的菊花插在细长的花桶里。

店里也有已经扎好的菊花，但总觉得……那像是供在佛坛上的花束。也许那就是它们的真正用途。

我鼓起勇气问道："那个……女孩子过生日送菊花，会不会很奇怪，像供奉一样啊？"

"嗯……"店员一高一低地翘着眉毛，轻托下巴想了想。

"我也想试试用菊花做一个可爱的花束，不过的确会有那种感觉呢。要是放宽到菊科，应该没问题。"

店员一边打开玻璃柜，一边继续道："可以用非洲菊、万寿菊，还有 azami。"

"Azami？"

"就是蓟花，也是菊科哦。"

"……原来是这样啊。"

"蓟花的深紫色有个专门的名字，叫初恋蓟，是五月的诞生色，你不觉得很合适吗？"

嗯，真的很合适，实在是再合适不过了。我忍不住拔高了声音："我就要那个！"

"交给我吧。"店员朝我挤了挤眼睛。

店员好可靠。她虽然看起来年轻，但是特别成熟。她问我有多少预算，我如实回答了，于是她点点头，开始制作花束。

"一想到是送给女孩子的生日礼物，连我都高兴起来了。"

"不，其实我刚刚被甩了……也不知道能不能见面呢。"

店员瞥了我一眼。

"哎哟，好现充啊！"

"啊？"

她是不是没听清啊。我说的明明是刚被甩了，不知道能不能见面啊。我还在发呆，店员爽朗地说了下去："为坎坷的爱情左右为难，这不就是最高级的现充吗？因为只有美好的世界并不现实呀。"

店员拿着剪刀，干脆利落地修剪着花茎。她的围裙上沾满了花粉和汁液，地上掉落着残败的叶片。

不一会儿，店员说"好了"，递给我一束五颜六色的花。她的手有点粗糙，都是为了制作像梦一样多彩的花束。我觉得，那双手特别美。

"给你打折了。加油哦，少年！"

上午十一点半。

我在公园的篮球架下等待菊子。离猫眼睛变成针，还有三十分钟。

我把背包和花束放在了长椅上。

我从背包里拿出篮球。崭新的篮球看起来格外陌生，散发着橡胶的气味。

不过，只要一直用下去，这崭新的橡胶气味一定会渐渐消散，我与篮球的气味也会渐渐相融，化作许多细小的伤痕，一点点、一点点，成为熟悉的伙伴。正如人与人慢慢走近，成为好朋友。

咚咚咚地运球，然后投篮。

没进。

投篮。

没进。

投篮。

球技烂得堪称天赋。

可是，只要我坚持努力，也许有一天能帅气地把球投入篮筐。Naoking 现在意气风发，跃跃欲试。脸上满是汗水，我用腕带擦了几次额头。

感觉到视线时，我回过头去。菊子站在那里。

……她来了。低头看表，果然是猫眼睛变成针的时刻。

"你在看我？"

"……嗯。"

我走向菊子。

"很差劲吧。"

菊子似乎不知如何是好，勾起嘴角笑了笑。

"嗯。"

我抱着球，深深鞠了一躬。

"对不起，我骗了你，其实我不是首发队员。前天我重新加入了篮球部，今后会努力的。"

"前天？"

菊子大吃一惊。我注视着她的双眼说道："真的很对不起。我不是不想让朋友看到菊子，只是害怕菊子发现我的谎言。我其实是个很没用的人。又会说谎，又没骨气，还死要面子。我特别懦弱，两天就退出了篮球部，连怎么抢零件的演唱会门票都不知道，整天只会听视频网站的雨声频道，土气得很。"

菊子定定地看着我。我继续说道："我只想让菊子觉得我很帅。"

一颗泪珠滑过了菊子的脸颊。

"……对不起，我什么也不说就注销了 Azami 的账号。对不起，我不该什么话都不跟你说。我以为只有我想跟直树君交朋友，以为直树君其实不喜欢我，想忘记我。我其实特别胆小，特别害怕受伤害。注销账号后，我后悔极了。我还是想见直树君。所以我又在浏览器上搜索秋葵的账号，然后……"

我把篮球放在长椅上，轻轻捧起了花束。

"菊子，生日快乐。"

菊子面对着花束，表情渐渐扭曲。她的眼泪像下雨一样，不断地滑落下来。

"这些都是菊科的花，各种各样的菊，每一种都很可爱。我也想更了解菊子的方方面面。"

菊子接过花束，吸着鼻子说："……直树君，你一点都不土。我也想听雨声。"

听到这句话，我吃了一惊。

"啊，可那不是加了雨声的音乐，真的只有雨声哦。"

菊子伸出指头，轻轻点了一下我的胳膊，然后露出带着泪的笑容说："点赞。"

我们并排坐在长椅上。

我给手机插上耳机，把有线耳机的一边递给菊子，另一边塞进自己耳朵里，一起听雨声。

我的左耳和菊子的右耳，流淌着连绵不绝的水滴的话语。

细细的耳机线将我们相连，这种感觉真好。我真庆幸自己没有无线耳机。

菊子的手交叠在腿上，近在咫尺。我伸出左手，轻轻搭着她的手。菊子轻颤一下，低头笑了。

左手这个自然而然的举动并非因为神明，而是出于我的意志。对了，神明。

我握着菊子的手，用右手掀起护腕，需要隐藏的文字，已经消失不见了。

拇指的伤疤、睫毛上的黑块、脸上的雀斑。我都很喜欢呀，菊子。

我虽然成不了从来不犯错、没有任何烦恼的超级英雄——

但是不完美的我，一定才是完全体。

菊子抬起眼看着我。

"直树君的生日是八月对吧？我一直很好奇你用户名后面的数字，naoking08**。"

听见菊子叫我 Naoking，我心中的王者害羞地笑了。

四番

理查德·布朗森

（大学兼职讲师）

昨天晚上，我总算明白了"ぶっちゃけ"（讲真）这个日语词汇的意思。然而就算学会了，我恐怕也用不上。

每次碰到这种词，我都要在网上检索一番，然后长叹一声。教材和字典上没有的日语词汇真是太多了。

最让我惊讶的是，还有好多意想不到的词汇竟跟英语相结合，使日语变得更为复杂而奇怪。最初让我疑惑不解的词，便是"パニクる"（恐慌）。

パニック（panic）+ 动词"する"= パニクる。顺着这个语法，我还学会了"ディスる"（贬低，即 dis）。不是"ディする"，而要写成"ディスる"。

日语好难，越学越难。

清晨醒来，我站在浴室小小的镜子前刮胡子，觉得自己的皱纹又变多了。都快四十岁了，这都是自然现象，但是来到日本这三个月，我总是忍不住皱眉，或许也导致了皱纹的增加。不知是不是错觉，暗金色的头发好像变稀疏了，蓝色的瞳孔也有些暗沉。

在我的祖国英国，常有人夸奖"理查德的日语太棒了"。不仅是英国同事，连当地的日本人都这样说。

平假名和片假名的独特造型，每个汉字被赋予的深邃意义。每一个日语词汇都让人愉悦，充满了吸引力，使我忍不住埋头学习。我在英国考到了 JLPT（日本语能力测试）的最高等级 N1，来到日本之前，我对自己充满了自信。

可是我后来发现，他们的意思是"作为英国人日语真棒"。

刮完胡子，汗水已经顺着额头滑落。

进入六月，天气变得闷热起来了。我真的受不了日本的湿度。我在一座三层楼的公寓租了个二层的房间生活，马路对面是一座高层住宅，采光特别差。

这个屋子没有空调，不过房间里安装了名为"纱门"的绝妙设备。因为在英国很罕见，我不禁有点感动。

然而昨晚我关着纱门睡觉，竟被蚊子叮了。早上起来一看，原来纱门的网破了洞。蚊子应该是从那里飞进来的。实在没办法，我只好用胶带紧急处理了一下。

一直没关的电视机开始播放每天早晨的信息节目，接着进入了天气预报环节。我系好领带，冲了一杯速溶咖啡。被人们称作天气姐姐的清田绘美里小姐拿着小棍站在气象图前。

——低气压停滞不前，今天的天气将不太稳定。白天稍有阳光，傍晚转为多云，部分地区还会降雨。今天出门请别忘了携带雨具哦。

她的发音总是那么清晰明了。稳定的语速，礼貌的措辞。这正是我追求的日本语。

还有那头浓密的黑发，干练而知性的笑容。多亏了清田绘美里小姐，我才能够平静地开始一天的生活。

今年春天开始，我成了日本某私立大学的兼职讲师，负责教英语。

我每天上班都走路五分钟到巴士站，搭乘巴士去电车站转车，再坐三站路到大学。

虽然不是每天都有早上第一节课，但我从星期一到星期五都会搭乘七点二十三分的巴士。

像我这种兼职讲师没有专用的办公室，但可以随意使用公共研究室。那个房间有五张办公桌，配备了电脑和打印机，远比我的住处更舒适、更适合办公。因为没有固定的座位，我每天都一大早出发，确保占到办公室内部最大最好用的位置。平时除了上课，我就在那里做课件，改作业，学习日语。

刚走出公寓，我就碰到了光小姐。她显然是晨跑回来，长发束在脑后，从遮阳帽底下露出来，随风摇曳。

"早上好啊，理查德。"

光小姐停下脚步，用脖子上的毛巾擦了擦脸。

与公寓相隔两座房子的地方，就是房东的家。光小姐是房东的孙女，说是比我小十岁，那今年应该二十九岁了。她平时就跟房东夫妇住在房顶铺着瓦片的大房子里。

我作为一个外国人，租房子时遇到了意想不到的麻烦。来日本之前，我一直以为只要交了押金和必要的资料就能租到房子，后来才发现这个信息严重不足。

三月来到日本后，我先在廉价旅馆落脚，找过几家不动产中介后大吃一惊。原来这个时期几乎没有空房子。不仅如此，日本的房租远超我的想象，除了要交押金，还得交礼金。而且能租到的房子还不像英国的出租屋那样家具齐全，是个空荡荡的小房间。在这个状态下，我四处寻找价格合适的地方，但都因为"你是外国人"而被房东回绝了。

后来我走进一间小小的个体中介，年迈的店长告诉我："佐藤先生应该会租给你。"然后，他就联系了我现在的房东，把房间定下来了。正因如此，即使是一座三十五年的破旧老房子，即使只能租到铺上被褥便占去一半空间的小房间，我也不敢抱怨。再加上光小姐平时很关心我，我甚至有点感激。

"最近越来越热了呢。屋子里没空调，你能睡好吗？"

"是的，没什么问题。不过昨晚纱门破了洞，被蚊子叮了。"

我苦笑着回答，光小姐露出了同情的神色。

"毕竟房子老了啊。那我去补纱门吧。肯定是越快越好。今天我有点忙，明天就去买回来，你后天早晨过来拿好吗？那天我正好休息，你上班前可以过来。"

"那太好了，谢谢你。"

光小姐在车站门口的花店上班。

她很勤快，也很爱笑。她面容娇小，身材纤细，是个典型的日本人，但是性格爽朗，还挺有力气，特别可靠。她帮我搬过十公斤重的大米，还帮我打过我头一次看见的蟑螂。

光小姐说，花店的工作其实需要体力，还总能看见虫子，早就习惯了。

"真不好意思啊，那房子太破了。要是有什么问题你尽管说，不要客气。"

光小姐露出雪白的牙齿笑了笑，然后跑走了。

我转身走向巴士站。

那个巴士站名叫"坂下"，只在路边竖了一块写着站名的牌子作为标记。走到那里时，每天跟我一样乘坐七点二十三分那班车的人已经到齐了。中年男白领、男高中生、年轻女白领、小学女生。可能因为跟光小姐说了几句话，今天我是最后一个到的。

到了上课时间，我对班级打招呼道："Good morning, everyone."（大家早上好。）。回答我的却只有拖得长长的"Good morning, Mr. Richard."（早上好，理查德老师。）。没有一丝活力。

我教授的是经营学部与商学部的选修英语，每个班级大约三十人。今天第一节课是商学部的二年级学生，属于五个等级中最初级的班级。

早在第一天课上，我就意识到他们完全没有心思学习。班上没有一个学生是喜欢英语、想学英语的。他们总是交头接耳，或者低头玩手机，甚至埋头睡觉。

我开始点名。第一次上课时，我就吩咐学生被点到名字后回答一声"Here."（这里）。我认为这是短促但很有意义的交流时间，但学生似乎不这么想。他们每次都很不耐烦地回答"嘿呀"。

点名结束后，我发了上个星期的小测结果。十个单词翻译题，日译英和英译日各五题。

学习语言没有诀窍，只能反复练习。通过练习掌握才是最好的方法。正因如此，我每个月会根据教科书内容细心安排两次小测，但是学生的成绩并不好，很难看出究竟学会了多少。

"隼人。"

"哎——"被叫到名字的男学生站起来懒洋洋地应了一声。城川隼人。他是这个班上最让我头痛的学生。他染成褐色的头发像刺猬似的根根直立，手指上还套着粗大的骷髅指环。

学生上课都是按照学号落座，他坐在第二组最前面的座位。那个座位离讲台很近，让我倍感压力，但又无可奈何。

每次改隼人的小测，我都要花更多的时间。"ぶっちゃけ"（讲真）也是从他的答案中学到的。

"Actually, It is a very difficult problem for me."

"老实说，这对我来说是个很难的问题。"

教师用的解说教材上记载着规范译文，只要能写出大致相近的句子就好。作为大学英语，这句话的翻译应该非常简单。可是隼人写下的答案却是这样的："ぶっちゃけマジ無理。"（讲真，我不行。）

我在好几个网站上对比查阅了每个单词的意思，努力试图理解，然后犹豫了很久这能否算正确答案。

虽然是很随便的口语，但意思并没有错。

最后，我没有判对错，而是写下了规范译文："老实说，这对我来说是个很难的问题。"这正是我的心情。

翌日早晨，我走到巴士站时，周围还没有人。

突然有冰凉的水滴落在脸上。下雨了。

清田绘美里并没有说今天会下雨。另外，她昨天的"傍晚有雨"也没有说中。

"バイウゼンセン与周末继续北上，西日本和东日本将在下个星期进入梅雨季节。预测今年降水量将多于往年。"

她今早是这样说的。我没听懂バイウゼンセン是什么，就查了字典。原来是梅雨前线。梅雨在这里不念作つゆ吗，原来如此，受教了。我在那一刻的心情与检索"ぶっちゃけ"时不一样，十分愉悦。

在英国很少有人打伞，只要雨不算太大，人们情愿淋着。

可是日本人似乎很不喜欢下雨，人人都会打伞。可能因为这里不同于干燥的英国，被雨淋湿的衣服很不容易干。清田绘美里预报雨天时也比较消极，总是一脸难过地说"不清爽的天气""容易发霉和食物中毒的季节"。因为看不见她的笑容，日本的雨天在我眼中，也成了不让人喜欢的天气。

雨越来越大了。我没带伞，站在没有遮挡的巴士站无处可躲。当我为难地低下头时，突然发现站牌的底座上放着一个东西。

那是一把黑色的折叠伞，上面贴着写有"おとしもの"（失物）字样的便笺，任凭雨水拍打。

失物？此刻，伞的主人不在这里，而我急需用伞。那么我用用应该没什么问题。

尽管有些过意不去，但我很快改变了主意。我不是偷，只是借。我打开伞扣，张开雨伞，就在那一刻，雨竟然停了。

只是阵雨吗，还是"梅雨前线"的征兆？英国没有梅雨季节，所以我不太清楚。乌云快速散去，太阳探出头来。

我正在收伞时，男高中生走了过来。现在再把伞放回去，恐怕会显得很不自然。

高中生戴着耳机停在我旁边，似乎毫不在意自己被淋湿的学生制服。几经犹豫后，我若无其事地把伞放进了包里。

写着"おとしもの"（失物）的便笺在包里被压得皱成一团。我突然产生了疑问。

这真的是"失物"的意思吗？

最后面的"の"，莫不是表示所有之意？换言之，它就像"私の"的用法，表示这是"おとしも"的雨伞？

下班回来时还是物归原位吧。我虽然这样想，但很快就忘记了伞的存在，不小心把它带回了住处。

翌日，我一大早就被令人不悦的振翅声吵醒了。

细小的黑影慢悠悠地飞过。是蚊子。我看向纱门，发现胶带卷了起来。原来是我紧急处理得不够彻底。脖子好痒。

真是太气人了。蚊子不仅吸走我的血，给我留下瘙痒，还打扰我的睡眠。日本的治安虽然很好，但我在英国从来没受过蚊子和蟑螂的欺负。

我坐起身，双手狠狠一拍。摊开掌心，被拍扁的黑点渗出了微量血液。我怀着杀死仇敌的成就感，突然发现短袖睡衣露出的胳膊上有几个字。

当值神明

我忍不住惊呼一声。

"... So cool."（真酷。）

好棒啊。带着历史厚重感的文字，漆黑而清晰的字体。多美啊。我陶醉地注视着那四个汉字。"当值神明"究竟怎么发音，又是什么意思呢？

不过，这是谁干的？房间里只有我一个人，而且我睡前关上了门。难道昨天我只关了纱门，不仅放进了蚊子，还放进了人？

我正检查窗户，背后突然传来了声音。我吓得连呼吸都忘记了。因为太过突然，我没听懂话语的内容，就猛地转过头去。

一个瘦小的老人坐在我的被褥上。他穿着勃艮第红的运动服，笑眯眯地端坐在那里。他的脑袋从前额到后脑勺都秃了，两侧却长着棉花一样蓬松的白发。

他是谁？刚才说了什么？我好像听见最初的两个音是"おと"。

我猛然醒悟过来。他一定是伞的主人"おとしも"先生。因为我昨天拿走了他的伞，所以他来取了吗？他怎么知道我住在哪里？我带着尚未消散的睡意如此想着，慌忙打开了包。

"对不起，我不小心把伞带回来了。"

然而，伞没在包里。这是怎么回事？

老人像是看穿了一切，慢悠悠地说："伞不是我的。"

"你不是おとしも先生吗？"

老人嘿嘿一笑，指着自己的鼻尖说："我？我是カミサマ（神明）。"

"……カミ，さま？"

他应该叫"カミ"。有很多日本小孩都喜欢自称"ちゃん"[1]或"くん"[2]，这个老人说的"さま"应该也是相同的用意。

"您刚才说什么？"

"当班的，找到你啦！"

"オトウバン……"

トウバン，当班！

再看胳膊上的文字，我理解了。记得这个词是轮到一个人负责完成某种工作的意思。

---

[1]ちゃん：名字的后缀，通常用于比说话者年轻的儿童或妇女，也可作为同龄人之间或长辈对晚辈的昵称。——编者注
[2]くん：男孩名字的后缀，表示尊重或亲密。——编者注

不过这位カミ先生是怎么进来的，我一点都没察觉到。感觉他好像忍者一样。他不仅进来了，还在我手上写了字。这样的安静与灵敏，就叫作"大和魂"吗？

カミ先生歪着头说："实现我一个愿望吧。"

"愿望？"

"我想用优美的语言说话。"

"噢。"听了カミ先生的话，我忍不住轻叹一声。

"我也是。"

我还不太明白，也许日本有一种"当值神明"的风俗，鼓励年轻人与老人交谈吧。

我又猜测，当班期间手臂上都要写这样的文字。我又学到了一种新的民俗文化。

也许事先有过通知，只是我看漏了。日本是个治安特别好的国家，他肯定是按照这个国家特有的习惯，找房东拿了钥匙直接进来的。不过话说回来，现在也太早了。

"カミ先生，不好意思，我马上就要出门上班了。等有时间我们再见面吧。"

"不用啊，我一直跟里克在一起。你要实现我的愿望哦。我想用优美的语言说话。"

カミ先生露出了亲切的笑容。

听见他叫我"里克"，我大吃一惊。这是我从小到大的昵称，但是在日本从来没有人这样叫我。一个日本老人竟然知道理查德的昵称是里克，我真的太高兴了。我感到心中一热，微笑着说："一直在一起？那可不行，我还要上班……"

"我说可以就可以。"

我定定地看着像小孩子一样说话的カミ先生，突然觉得自己才是大人。我轻柔地问道："你为什么这样想呢？"

"因为我是神明啊。"

カミ先生咧嘴一笑，突然缩小了。

我吓得两腿发软，只见他变成问号一样的形状，悄无声息地钻进了我的左手。

"Oh my God!"（我的天啊！）

我忍不住大叫一声。这不是日本文化，是超常现象，是妖怪和幽灵那样的东西。

手臂窜过一阵麻木的电流，很快就没动静了。我呆呆地看着它，轻声呢喃道："……カミサマ……トウバン。"

当值神明。那位老人原来是神明吗？我在一片茫然中，异常冷静地想道。

也许我那句"Oh my God!"，用在这个时刻再合适不过了。

我跌坐在被褥上正发着呆，门铃响了。

门外有人喊了一声："我是小光！"我顾不上换衣服，直接套上外裤就去开门了。门反锁着。

开门一看，光小姐拿着新的纱网和工具站在外面。

"看我速战速决哦。"

光小姐轻快地说完，走进了房间。我慌忙叠好被褥。光小姐在空出的地方铺开报纸，然后走向阳台门。

"先把纱门卸下来……嗯？"

光小姐在门边回头，看着我瞪大了眼睛。

"哇，刺青？你爱日语爱到了这个地步？"

她抓着我的左手臂，凑上去看了看。

"不，这是……"

"四字成语？'当值神明'是什么意思啊？"

连光小姐都不知道。我反倒想问这究竟是什么意思，却不知道该怎么对她说刚才发生的事情。光小姐没怎么多想就放开了我的手，一边拆卸纱门一边说："理查德，你带着这么大的刺青去上班不好哦。在酒馆喝酒倒是无所谓，上班的时候可千万要藏好了。"

光小姐拆掉了纱门，然后动作麻利地用螺丝刀卸下旧纱网。

我提出帮忙，但是被她拒绝了，于是拿出辞典翻了翻。辞典上并没有"当值神明"这个词。

我听从光小姐的建议，上班时用长袖白衬衫遮住了手臂上的文字，还牢牢地系上了袖口的纽扣。

那天下午才有课，我避开高峰时段，十一点就去食堂吃了午餐。今早因为发生了那个小插曲，我错过了早饭，也没看成清田绘美里小姐的天气预报。

我正坐在旁边摆着高大观叶植物的座位上吃亲子盖饭，五六个报了我的课的男女学生走了进来。那群端着托盘的学生里，也有隼人的身影。他们在观叶植物另一端的斜前方坐下，开始了吵吵闹闹的闲聊。我的位置被茂密的树叶遮挡，他们好像看不见。

突然，我听见了"理查德"这个字眼。人总是更容易在嘈杂声中辨别出自己的名字。

"他的课超无聊。"一个男学生说道。我愣住了。

隼人大声赞同道："去年的艾利克斯好玩死了，一个劲说美国人的冷笑话，上课就看外国电影，随便写几句英文感想就给学分，而且还不点名。"

我很想离开，可是现在轻举妄动，就会被学生发现我听到了他们的对话。那样就太尴尬了。

于是，我只能停下筷子，一动不动地躲在观叶植物背后。

"艾利克斯虽然完全不懂日语，但反正是上英语课，没什么关系。不懂日语反倒更好呢。"

听了隼人的话，一个女学生说："理查德是加拿大人吗？还是英国人来着？"

"不知道，没兴趣。"

"他太认真了，显得整个人特别阴沉。我还以为那边的人个个都特别开朗，整天说笑话。"

那边的人。我心中一紧。

日本以外全部被归为"那边"，这让我有些伤心。

莫非那就是我做得不够的地方吗？是我不会说他们想要的"开朗的笑话"吗？

所幸，他们很快就吃完饭，又吵吵闹闹地走出了食堂。我吃了已经彻底凉掉的亲子盖饭，在研究室稍做准备后，出发去上下午的课。

即使被学生说无聊，我也只会这么做。因为我就是认真又阴沉的人。

再说了，你们不仅对英语没兴趣，连日语都说得一团糟。

上个星期已经提醒过今天下课前要做口语小测。我在白板上写下了英语题目。那是从教材上照抄下来的练习题，只要学生按照我的要求做了预习，应该能轻松回答出来。

"What have you eaten for breakfast this morning?"

我先朗读一遍，然后让学生跟读，最后点名回答。

你今天早饭吃了什么？这是非常简单的例句。被我点到名字的女学生没好气地回答道："パン。"（面包。）我强忍住了叹气的冲动。

"パン是日式英语，正确的英语应该是 bread。"

"I have eaten bread." 我在白板下写下这句话，女生没有反

应。也许她本来就知道パン是 bread，只想挑衅我而已。

我怀着万般无奈的心情，说出了例句的日语译文："我吃了面包。"就在那时，左手突然动了。

不是我让它动的。左手一把抓起马克笔，在白板上写下了一串英文字母。

What ant is the largest?

——最大的蚂蚁是什么？

这个教科书上没有写。我感到全身血液倒流。这是神明干的吗？他怎么突然写出了这么孩子气的问题？

我慌忙试图用右手擦掉那行字，但左手已经猛地伸向了学生。我被迫转过身，发现左手指的人正是隼人。

"啊？"隼人皱起了眉。他轮番看了看教科书和白板，嘀嘀咕咕地说："书上没写，鬼知道啊。"

我不知道他是说看不懂那句英语，还是不知道最大的蚂蚁是什么。不管怎么说，现在要我解说这个问题，也过于唐突了。

"Homework！"（作业！）

我抛下这句话，匆匆忙忙离开了教室。离下课还有将近十分钟。

来到走廊上，我依旧摆脱不了学生们震惊的目光。实在受不了，我连研究室都没去，直接回家了。

我怎么总是这么软弱呢? 我怎么能因为内心动摇就扔下学生逃走呢?

回到住处, 我陷入了深深的自我厌恶。为了平复心情, 我起来冲了杯速溶咖啡。这是我能给到自己的唯一安慰。

刚要喝第一口, 左手就窜过一阵电流。为了避免咖啡洒掉, 我把马克杯放在了矮桌上。下一个瞬间, 那个问号就从我手心里钻出来, 变成了"神明"。

这究竟是⋯⋯怎么回事?

我看了看手心, 上面并没有洞。连一只蚊子钻进去的缝隙都没有, 他是怎么跑出来的? 这次, 我忍不住喊了一声"Amazing! "(神奇!)。

神明双手捧起咖啡喝了第一口, 满意地长叹一声。

"我喜欢咖啡。"

这个神明浑身散发着田园牧歌的气质, 一点都不像是可怕的存在。我不由得放松下来, 应了一声: "我也是。"那杯咖啡就送给神明吧。

"可是神明, 今天你让我太为难了。为什么要写那样的英语问题⋯⋯"

"很多人都以为英国人喜欢红茶呢。"

这根本不算回答了我的问题。

"其实也有很多英国人更喜欢咖啡呀。"

神明就这么改变了话题，不过他说得一点没错。

神明走到阳台门边，隔着纱门眺望户外。我也走到了他旁边。透过今早光小姐帮我换的新纱门，我看见外面有两只麻雀停在走廊扶手上。

"好想用优美的语言说话啊。"神明看着两只摇头晃脑的麻雀说道。我也是啊，神明。跟学生向我扔来的日语相比，我觉得麻雀的语言更优美呢。

"你一直这么沮丧，轮班就结束不了哦，里克。如果里克不快点用优美的语言说话，手臂上的文字就不会消失哦。"神明这样说。

原来当班结束了，文字就会消失吗？虽然我很喜欢它，但是不得不在上班时藏起来，确实很麻烦。

我问道："我跟神明用优美的语言说话就可以了吗？"

"麻雀好可爱哦。"

又被敷衍了。神明圆圆的脑袋愉快地摇晃着，在我眼前反射着光芒。

不知麻雀是如何沟通的，两只同时起飞了。它们毫不犹豫地回归到了自己的族群之中。

神明突然缩小，变成了问号似的东西。我来不及发出惊呼，它就瞬间钻进了左手。神明手中的马克杯不知何时到了我的右手上，我的口腔里还充满了咖啡的芬芳。原来神明的体验就是我的体验，我的体验也会成为神明的体验。我总算理解了。神明的愿望，必须由我来体验。

优美的语言……吗……我的语言，是否不够优美呢?

我再一次看向门外。这时我才想起，昨天晾在阳台的浴巾还没收回来。

我打开纱门走上阳台，正要收回浴巾，却听见下面有人大喊了一声:"理查德!"

是光小姐在楼下喊我。对了，她说她今天休息来着。

"纱门怎么样?"

"很完美，太棒了。谢谢你。"

我对楼下道了声谢，光小姐突然发出了邀请:"对了，今晚一起去吃饭吧?"

光小姐带我去了车站附近的小饭馆。这里是光小姐花店常客经营的店铺，上个星期重新装修后再次开业了。

"本来想去光顾一下祝贺祝贺，但是一个人怎么都不好意思。刚才经过公寓，正好看见理查德，就叫上你了。"

"我很高兴。"

我们乘巴士到达车站，沿着商业街走了一会儿。

才刚到七点，就有两个穿着松垮西装的男人勾肩搭背地走出了居酒屋。看起来醉得不轻。

"啊，老外! 哈喽!"戴眼镜的男人看见我，立刻喊了一声。

来日本之后，我已经有过几次类似的经历。突然被逼近到过于亲密的距离，突然被过于亲密的话语搭讪。反过来，也有人毫不遮掩地盯着我看，对上目光后我微微一笑，他们则像看见什么可怕的怪物一样猛地转开脸。

我勾起嘴角，告诉自己这点小事不算什么。当然，我并没有回应他们。

戴眼镜的男人凑了过来。

"日语，能听懂吗？汉字，会看吗？"

哈哈哈哈——另外那个肥胖的男人笑了起来。

这种时候，我会深深体会到自己在这个国家是个异样的存在。我强忍着令人作呕的怒火，坚持无视他们。

"吵死了，闭嘴！"

光小姐大吼一声，向那两个男人逼近过去，似乎恨不得咬死他们。

"你们要点脸好吗，别干这种丢人事。"

两个男人完全不理睬光小姐的斥责，发出下流的笑声，离开了。

光小姐气哼哼地看着他们离开，然后轻轻拉了我一把。

"这边，就是这家。"

那是一座墙壁涂黑的和式建筑物，门口挂着一块白底暖帘，上面印着藏青的"樱岛"字样。我第一次来这样的地方吃饭。

大门两侧摆放着陶器，里面装了堆成小山的白色颗粒。我越看越奇怪，便问光小姐："这是什么？"

"啊，那是盐。"

我惊讶地反问："盐？ Salt？"

"对，就是 salt 那个盐。这叫作堆盐。"

我弯下腰，凝视雪白的盐山。为什么？盐不是调味料吗？

"为什么不把它放在餐桌上，而是放在门口？"

"这不是用来吃的，是一种除厄的仪式。"除厄？我不明白那个单词的意思，小声喃喃了一句。

光小姐马上解释道："这个'厄'嘛……嗯，它是指各种不幸、妖魔，还有灾难。"

原来如此。把盐放在门口，是希望不好的东西不要进来是吗？为什么日本人会相信盐有那样的功效呢？我很好奇。

我们揭开暖帘走进店中，经营店铺的高龄女性一下就露出了笑容。

"欢迎光临。"

我受到影响，也露出了笑容。吧台座位的角落装饰着一束插在竹笼里的鲜花，据说是开业那天光小姐送来的。

店主人与光小姐简单交谈几句后，把我们领到了里面的座位。

店铺并不宽敞，但是座位的间隔设计得令人舒心。我们面对面落座，接过了店主人拿来的热毛巾。

来到日本这么长时间，我似乎总算体验到了自己期盼已久的东西——在充满日本特色的地方，得到日本式的款待。我与光小姐翻开菜单，点了日本酒和一些小菜。

今天真的发生了许多事情。碰杯之后喝下的日本酒轻柔地温暖了我的全身。

我正陶醉地看着用毛笔写的"おしながき"（菜单）上的菜名，光小姐开口问道："理查德，你的日语真的很棒呢。"

久违地得到如此诚恳的夸奖，我格外高兴。

"谢谢你。但是，日语真的好难。来到日本后，我更觉得日语好难了。因为我意识到，自己并没有那么优秀。"

光小姐笑着夹了一口墨鱼拌黄瓜。

"可是你的表达真的很棒啊。我觉得外国人学日语肯定特别辛苦。我虽然不了解其他国家的语言，但是日语还蛮独特的吧？"

"所以才有趣呀……只不过，我跟学生们没法好好交流。我的课太无聊了，他们都不感兴趣。他们都喜欢闲聊和玩手机。"

我吃了一口名叫"さつま揚げ"（炸鱼糕）的食物。软糯的鱼糕夹杂着切碎的胡萝卜和牛蒡，佐以姜蓉和酱油，真是太美味了。

光小姐沉默了片刻，突然开朗地说："其实我在网上查过，为什么不同国家会有不同的语言。"

她的脸微微发红，似乎不太会喝酒。

"你知道《创世记》吗？《圣经》上的。那里不是讲到了巴别塔嘛。"

"是的。"

巴别塔，她说的也许就是"Tower of Babel"吧。

"啊，理查德，你是基督徒吗？"

"不，我是无神论者。"

说到这里，我又改了口："曾经是无神论者。"毕竟神明就在我手臂里。

光小姐并没有在意我的改口，而是继续道："据说人类最开始都是同一个民族，讲同一种语言，但是他们越来越傲慢，想要建一座直通天堂的高塔。上帝生气了，就把他们的语言打乱，让他们无法交流，最后还将他们分散到了世界各地。"

光小姐的语速很快，有的地方我没听懂，但大概知道她说了什么。

"是的，遇到大麻烦了。"

听了我的回答，光小姐哈哈大笑起来。

"不过，我觉得这样也好。因为所有人聚集在同一个地方思考同样的事情，肯定不会有好事。"

"不会有好事？"

"嗯……怎么说呢。我觉得人与人是要有所不同的。如果所有人都一样，就不会有变化和成长。"

光小姐仰脖喝光了杯中酒，微微抬起头说："不过对我来说，《圣经》里的故事就像奇幻故事一样。如果从进化论的角度看，人类最初的语言是什么呢？"

人类最初的语言。我开始畅想远古时代。

"我想，那一定是他们最想表达的东西吧。"

我想象着那会是多么优美的语言。可是光小姐提出了与我截然不同的看法。

"对呀，有可能是拒绝或者告知危险的语言。不要！住手！快逃！"

光小姐夸张的表演特别滑稽，我忍不住笑了。

"为什么？那就是人类最想表达的东西吗？"

"对呀。人活在世上，最先表达的就是难受。婴儿一开始不也只会用哭泣和愤怒来表达感受吗。要长到两三个月才会自己笑呢。"

原来如此。想到这里，我不禁苦笑。

"我以为最初的话语是'我爱你'或'谢谢你'呢。"

"啊？那种温柔亲热的话语，要到很晚很晚才出来呢。只有等情况变好并且稳定下来了，人才会发明那样的话语吧？"

光小姐笑了笑，突然严肃地看着我。

"生气和悲伤的感情，是最需要表达清楚的。哪怕是为了以后能由衷地欢笑。"

新的一周，我怀着紧张的心情走进了隼人所在的班级。上次因为"最大的蚂蚁"一事，我不得不草草结束了课堂。

走向教室时，我听到里面传来一阵嘈杂。进去之后，他们的音量也没有降下来。

"Good morning, everyone."

"Good morning，Mr. Richard." 学生们的回答像小雨般稀稀拉拉。

我低头看向教科书，开始讲解下一个单元。

教室里的嘈杂更胜于往常。女生尖厉的笑声、聊天软件推送信息的提示音。

没办法，这都是因为我的课太无聊。

我一边劝慰自己，一边又愤慨不已。保持安静！专心上课！

那种感情是最需要表达清楚的——光小姐在小饭馆说的话闪过脑海。

突然，左手抬了起来。

是神明。

我知道他要干什么。我真的做不出这种事。

但是借助神明的力量，我用话语顺应了动作。

"Be quiet! "（安静！）

与此同时，左手握成拳头用力砸在了白板上。"砰"的一声巨响，教室瞬间安静了。

我面向学生开口道："你们为什么不学习？为了互相理解，我们需要学习彼此的语言啊。"

巴别塔还未通天就倒塌了。上帝给了我们一个重大的课题。如果无法拥有同一种语言，难道不应该尝试互相理解和靠近吗？

学生们沉默不语。一排排漆黑的眼眸。我心生恐惧，转开了目光。

我再次看向教科书，准备好好上课。这时，隼人突然笑了。

"激动什么啊。"

我看向隼人。他斜倚在座位上，跷起了二郎腿。

"上次你不是留作业了吗，Mr. Richard。听好了。"

隼人拿着手机点了一会儿。

"What ant is the largest?"

手机说话了。我吓了一跳，紧接着又听到一句日语。

"最大的蚂蚁是什么？"

令人头脑发麻的、机械的发音。我感到毛骨悚然，却一句话也说不出来。隼人冷笑着继续道："然后检索'最大的蚂蚁'。"

隼人又按了几下手机，然后转过来给我看。只需一瞬间，屏幕上就出现了"巨人恐猛蚁"的详细资料，甚至配了照片。

"你还要翻译成英文是吧？反正无非是突然出个难题想难倒我而已。"

"Dinoponera gigantea." 手机又说话了。

"回答正确。"隼人兀自说完，放下手机再次跷起了二郎腿。

"我们生活在这个时代，就算不学习，只要有了智能手机，也能在外国畅行无阻。再说这也不是专业课，说白了英语课真的很没必要。"

我受到了莫大的打击，心情却异常平静。我挤出了一句话："我……我是人类，不是机器。"

隼人的表情绷紧了。我继续道："我想跟日本人……跟你们交朋友，所以学习了日语。因为我是人类，所以有一颗喜欢上日本的心。因为我是人类……"

我注视着隼人。

"这一刻，我非常伤心。"

教室再次陷入沉寂。隼人紧闭着嘴，躲开了我的目光。

我重新翻开教科书，开始上课。

那天的课上，再也没有人窃窃私语，只有时间在寂静中默默流走。

——我上小学时，隔壁住了一对日本夫妻。丈夫在商贸公司工作，妻子从事口译工作。他们没有孩子。

我并没有在伦敦的市区长大，而是出生在偏远的小镇。当时那里没有几个日本人，在我眼中，他们就像童话人物那般神秘。

两夫妻十分疼爱我。每次我到他们家玩，二人都会用母语水平的英语教我许多日语和日本文化。

我喜欢上日语，就是受到了他们的影响。迷人的发音、竖排阅读的书上罗列的图形般的文字。

他们每年八月要回日本度假三个星期，我们一家也曾跟着去日本旅行过一个星期。那年我十岁。

因为我还小，即使只说"こんにちは"（你好）和"ありがと
う"（谢谢），日本的大人们听了也会特别高兴，所以我十分得意。
由于我还听不懂日语，不知道日本人究竟说了些什么，但那些话在
我耳中就像温暖的鸟儿啁啾。多亏了那对日本夫妻，我们吃饭和购
物都很顺利。现在回想起来，他们带我们一家人去的地方，都是对
外国人很友好的地方。

后来，日本夫妻又在英国住了三年，最后回国了。遗憾的是，
他们回国之后，渐渐就没了音信。不过我带着对他们的温暖回忆，
在大学选择了日本文学专业，进一步学习了日语。

大学毕业后，我进入一所民办英语学校就职。那里的学生都很
热情。他们大部分都是亚洲人，其中也有几个日本人。每逢休息时
间或放学后，我都会跟日本学生用日语简单地交谈几句。他们都很
有礼貌，有时还像那对日本夫妻一样送我小小的纸鹤，与我交流日
本的语言和文化。

我一直希望能到日本工作。虽然那并不容易，但是两年前，我
在一个熟人介绍下，得到了工作机会。

在迈向四十岁大关的人生路上，我意外地实现了梦想。然而，
我的下场却是这样。日本并不是我心中描绘的那个理想国。这里的
工资很低，生活很苦，我也处理不好跟学生的关系。如果只是憧憬
日本，我更应该把这里当作旅游观光的地方。如今居住在这里，却
迟迟无法融入，反倒开始讨厌这个国家，这让我感到格外空虚。

我跟大学签的合同是一年，明年如果续签，就能再工作一年，但这都不是确定的事情。

也许正如隼人所说，在人们不需要的地方，教英语是没有意义的。时代已经变了。

可是，为什么呢？今天虽然受到了这么大的打击，我却好像卸下了重担。

也许是我已经心满意足了。一年后，还是回英国去吧。在这里生活的经历，绝不会白费。

夜幕降临，傍晚下起的雨越发喧嚣起来。

我关上了窗。进入梅雨季节了。这场漫长的雨过去，前方就是盛夏。

我冲了咖啡啜饮一口，左臂突然窜过了电流。是神明。

神明钻出我的手心，端坐在我面前。他看着我，脸上带着慈爱的微笑。

"里克，今天你很努力哦。"

我没想到他竟会夸奖我。我感到眼角一热，连忙忍住泪水，对神明露出了笑容。

"那样真的好吗，神明？"

"嗯，你很棒，你成功地向学生们表达了自己的想法。"

是吗？难怪我会感到如此轻松。坦率地说出内心的想法，真好。就算学生们依旧在背后说我的课无聊，那也没关系。

"可是……我用到了优美的语言吗？当值神明的轮班结束了吗？"

神明摇了摇头。

"我想说话。其实你也懂的吧。"

不等我回答，神明就钻进了我的手心里。

翌日，一大早就下着大雨。

我撑着伞走向巴士站。今天男高中生第一个到了，正一手撑着伞，一手操作智能手机。

我停在他身边时不小心手劲一松，雨伞向他歪了过去。雨点飞溅到他的肩膀上。

"啊，不好意思。你没事吧？"

听见我道歉，高中生吓了一跳，但很快就笑着松了口气。他可能是听见日语，放心了不少吧。

"我没事。"

"真不好意思。"

"没什么。"他把手机塞进裤袋里，有点害羞地开口道，"你是哪里人啊？"

"英国人。"

这三个月来，我们几乎每天早上都碰面，却是第一次交谈。我们的伞就像小小的圆顶，轻柔地反射着声音。

"我没出过国。英国是个特别时尚的国家吧？"

"你要是去了，可能会觉得跟想象的不一样，然后失望哦。"

听了我的回答，他不知为何露出了有点温柔的表情。

"那也挺好啊。直面现实，觉得跟想象不太一样的地方，说不定其实更好呢。"

我心中一震。

对啊，只因为不符合理想就长吁短叹，这才是最没有价值的行为。我为何没有把乐趣转移到学习那些随心所欲的日语之上呢？

当我陷入沉默时，高中生又开口了："雨好大啊。"

"……对啊，已经是梅雨季节了。"

"哎，你还知道梅雨吗？好厉害。"

高中生惊叹过后，看着伞外的雨点说道："雨真好啊。听着下雨声，能让人心情平静。"

我感到很意外，忍不住问道："日本人不是讨厌下雨吗？"

"也有很多喜欢下雨的日本人哦。"

他眺望着雨滴，我也在他旁边静静地听着雨声。

也许是我仅凭想象和印象，先把所有日本人看作了一个刻板的群体。

我自认为学生没有劲头，所以每次上课都点名，而且只点名字，并不直视他们的双眼。我只对他们单方面地怀有期待，从来没有尝试主动沟通心灵。

"……我以为自己好不容易学会了日语，却因为是外国人而得不到理解。不过，事实也许不是这样的。"

高中生奇怪地看着低头呢喃的我。

"嗯？对方不理解自己，这种烦恼在日本人之间也多的是呀。"

雨声里多出了明快的笑声。我猛地抬起头，发现总是一起乘车的小学女生和年轻女白领走了过来。她们转着色彩鲜艳的雨伞，亲亲热热地聊着天。

走近巴士站后，小学女生对男高中生说了一声"早上好"。高中生答道："早上好。你们开开心心地讲什么呢？"

"不告诉你，这是女孩子的'女子トーク'（女生聊天）。"小学女生像个大人似的说道。女子＋トーク（talk）。

Talk.

对了，神明说的"说话"，一定不是指 speak（发言），而是 talk（聊天）啊。

我的不足之处并不是单方面地讲解标准答案，而是没有跟对方进行发自内心的交谈。

钻过纱门破洞的蚊子。除厄的堆盐。好吃的炸鱼糕。预报天气的清田绘美里小姐。教科书上没有的东西。不来日本永远都不会知道的东西。

再怎么学习语法，学习艰深晦涩的汉字，考到 JLPT 最高的 N1 等级，我也有好多不知道的事情，希望有人教给我的事情……

和许许多多想要交流的话语啊。

之前我以为自己已经满足了，但好像为时尚早。

走到研究室门口时，我看见了隼人。

我心中一惊，停下脚步，用微微发颤的声音问道："你有什么事吗？"

"那个，我……"

隼人像是要说什么，却没能说下去，只呆立在那里。

研究室还没有人。

"请进吧。"

我把隼人请了进去。隼人噘着嘴，表情很僵硬。

他也许要为昨天的事找我麻烦，但我下定了决心，无论他说出多么难听的话，我都要好好跟他沟通。

我走到最里面的座位落了座，并请隼人坐在旁边的座位，但他没有落座。

"那个……"

隼人像是做了什么决定，猛地弯下了腰。

"对不起！"

我惊讶地看着隼人刺猬般的后脑勺。

"我误会了理查德老师，一直以为你把我们当成一群笨蛋。"

"笨蛋？为什么……"

隼人抬起了涨红的脸，飞快地说道："因为你日语说得特别好。每次做小测随便写写答案，你也会给我补上规范的答案。我觉得你是在炫耀外国人也能说这么完美的日语，炫耀自己很厉害。这里不是什么好大学，我们又是最差的班级，而我则是班上最笨的大笨蛋。所以我才一时赌气，说不需要上英语课……"

说到这里，隼人沮丧地低下了头。

"マジすいませんでした（真对不起）。"

我突然感到全身脱力。

隼人，"すいません"的规范说法应该是"すみません"啊。还有"マジ"太口语化了，说"本当に"更有诚意。

不过，看他的表情就知道，他来到这里之前一定犹豫了好久，并且需要很大的决心。所以，隼人那口零碎的日语还是传达了他的诚意，让我万分感动。

我站了起来。

"隼人，谢谢你专门来到这里告诉我这番心意。"

接着，我拥抱了他。隼人怪叫了一声，但没有挣开。

"那么，我告诉你那个作业的正确答案吧。"

我放开隼人，翻开笔记本写下一句话。

What ant is the largest?（最大的蚂蚁是什么？）

这是那天我写下的题目。隼人读了一遍句子。嗯，发音很不错啊。

我回答道："Elephant."

答案是大象。

这是英语圈常见的幼稚文字游戏。还有一个答案是"giant"（巨人）。

这也许是神明替我说的开朗的笑话吧。

我偷偷解开袖扣，想知道他的回答，却发现那四个字已经消失了。虽然有点舍不得，但我的轮班结束了。

隼人听了我的回答，愣愣地眨巴了几下眼睛，然后大喊一声。

"啊——？大象的 ant？有没有搞错。蚂蚁怎么突然变成大象了？ウケる（好搞笑）。"

他说的ウケる，应该是有趣的意思。太棒了。我得意忘形，瞥了隼人一眼。

"アリガゾウ（蚂蚁变大象）。"

隼人的上半身猛地向后一仰，瞪大了眼睛。

"啊，难道那是'ありがとう'（谢谢）的谐音梗？"

我点点头，与隼人相视一笑。然后，隼人说："好エモい哦（突然好感动）。"

エモい，又是一个不认识的单词。我心里满是期待。

不如让隼人教教我那是什么意思吧。没错，我想跟学生说的，就是这样的话呀。

对人类来说不知是排到第几号的，优美的话语。

五番

福永武志

（小微企业社长）

怎么回事，这到底是怎么回事？

从刚才起，我就一直呆呆地看着自己的左臂。

为何会有如此令人费解之事？为什么我一早起来会看到左手手腕到手肘之间写了几个漆黑的大字？

当值神明

无论反复看几次，字都没有消失。而且不是手写体，而是端端正正的印刷体。

什么意思？是谁干的？

妻子八重子昨天约了老同学旅行，现在人在箱根。家里只有我一个人。

我已经五十过半，肩膀痛、老花眼的毛病越来越严重，难道又得了什么奇怪的病吗？又或者，有人在耍我？

我开始回想昨天有没有发生过怪事。没有。跟平常一样，我痛骂了脑子不灵光的员工，想尽办法克服经营困难，并对扔下我这个辛苦工作的丈夫跟闺密一起出门旅行的妻子酸溜溜地说了一句："社长太太就是好啊。"这都是我的日常。

如果非要细究，那就是我在每天坐车上班的巴士站捡了一万日元。在早上的五个固定乘客中，当时我难得第一个到，周围还一个人都没有。

站牌的水泥底座上放着一张万元钞票，还贴着手写的便笺，上书"失物"二字。

看到那张钞票我就想：以前好像是在哪里丢过一万日元钞票。看这张钞票被折了个角的样子，我好像是拥有过……不，确实有过，应该没错。

这是我的。

我拿起钞票，连便笺一块儿塞进了钱包里。这么想可能有点天马行空——莫非我被钞票诅咒了？

我走进起居室，打开钱包看了看。贴着便笺的万元钞票消失了。

果然如此。我不小心拿了脏东西。

"当班的，找到你啦！"

突如其来的声音吓得我扭过头去，只见一个身穿红豆色运动装的小老头端坐在沙发上。他头顶已经秃得一根不剩，脑袋两边却长着蓬松浓密的白毛，像戴了两朵花椰菜。

"你……你是谁？"

我下意识地握紧了钱包。强盗？你可别想拿走我一分钱。

老头身材像孩子一样矮小，长着一张人畜无害的脸，不过就是这种仙气飘飘的老头最容易干出让人意想不到的事。

老头嘿嘿一笑，说道："我？我是神明。"

你瞧，这不来了？一本正经说瞎话。真叫人毛骨悚然。我害怕得绷紧了脸，走向窗边的电话，用尽全力喊道："我报警了！一万日元还给我！这是犯罪！"

老头嘻嘻哈哈地笑得直拍手。

"对呀对呀，那是犯罪哦，小武。"

我哑口无言。不对啊，那张钞票是露天摆在那里的，上面又没写名字。不都说"钱财走天下"嘛。还有，什么小武啊，你是我谁啊。我叫福永武志，怎么说也是福永电工的社长啊。

老头突然歪着头说："实现我一个愿望吧。"

"……愿望？"

"我想变了不起。"

"啊？"

"小武，你让我变了不起吧。"

"凭……凭什么是我啊？"

老头露出了打从心底感到高兴的笑容。

"因为我是神明啊。"

又说瞎话了，真无聊。我得赶紧弄走他。要不，还是抓起来教训一顿？

我正要拿起电话报警，老头突然蜷成一团浮在空中，变成了红色的小球。

……火……火球?

这个场面吓得我倒退了一步。火球猛地钻进我的左手,下一个瞬间,整个左臂都震颤起来。

"呜哇啊啊啊啊啊啊!"

我一屁股跌坐在地上,手臂也同时恢复了正常。不烫。也没有烧伤。确认这一点后,我松了口气,但脑子还是一片混乱。

那老头原来不是单纯的怪人。他甚至不是人。我坐在地上,凝视着左臂的文字。

当值神明。

难道神明还是轮班制吗?老头说想出人头地?

是吗,原来如此。我咧嘴一笑。在当值期间,我啊……

我就是神明。

进入七月后,每天热得不行。到处都听说有人中暑。怎么感觉这夏天是一年比一年热啊。

我像平时一样去了公司。西装外套里面穿着短袖衬衫。但还是别脱外套更好。这种感觉有点像水户黄门[1]。平时假装成老百姓,只在故事的高潮时亮出印笼让所有人拜倒在地。我也得在关键时刻啪地把外套一脱,露出"当值神明"几个字。

---

[1] 水户黄门:原名德川光圀,日本江户时代水户藩第 2 代藩主。

今天的我跟昨天可不一样。我什么都不怕了。因为我现在是神明啊。我忍着大小的冲动，穿过自动门走进了办公室。

福永电工坐落在一个住宅区的国道沿线，周围没什么像样的店铺，只有几个夹杂在民居中的综合商业楼。

这所承接电气工程的公司，我已经开了十五年，搬到这个一楼是铺面、二楼住人的小楼里也已经十年了。公司有五个工人，再加上一个行政和每星期上班三天做财务的妻子，一共八人。

从家里开车过来只需十五分钟，但我没有买车。如果有需要，直接用公司的货车就好。那样可以算到公司的账户上。乘巴士上班不算辛苦。我就是这样在个人生活和工作上都极度节约，渐渐把公司做到了现在的规模。

我走进茶水间准备倒一杯八重子事先做好的麦茶，却发现里面多了台陌生的咖啡机。

就在那时，做行政的喜多川葵走了进来。她今年二十四岁，留着短发，是个不知为何特别有活力的女人。

我问道："喂，这咖啡机是怎么回事？"

"啊，是试用品。昨天社长下班后，卖电器的人上门推销，说可以免费试用一个月。有了它，客人来的时候一下就能端上咖啡，平时员工从现场回来也能喝到啦。"

她怎么不经过我同意就擅自做决定了。就算是免费试用期间，那也得交电费啊。

"要这东西有什么用。一个月后给我还回去。绝对要还！"

喜多川气哼哼地闭上了嘴。下一个瞬间，她好像切换了开关一样高高兴兴地应了一声"知道啦"。搞什么啊，应付我吗？

我端着麦茶走向座位，看见今年二十一岁、公司年龄最小的原冈正支着下巴闭目养神。这家伙平时话很少，又畏畏缩缩的，竟敢在我面前打瞌睡？

"喂，原冈，你一大早就睡起午觉了吗？"

原冈吓得浑身一震，跳了起来，慌慌张张地说："呃，那个……社长，昨天……"

"声音太小！根本听不见你说什么。算了别说了。"

"……对不起。"

真是的，年纪轻轻这么软弱能有什么出息。

"原冈今天有点不舒服。昨天太热了，你看他的脸色看不出来吗？"

有人发出了挑衅。是长濑。这家伙四十岁了，技术无可挑剔，就是最讨人嫌。他五年前从高空作业人员转行过来，是我手把手教了他电气技术。可他现在学会了忘恩负义，一副自己本来就会的样子，总喜欢顶撞我。他究竟把我当什么了？原冈那种没出息的确实让人头痛，而他这种厚脸皮的更让人生气。

另外三个工人也好不到哪儿去。本来不管是没经验还是年龄大了，我都好心录用了他们，可这帮人都不知道好好感谢我。

"健康管理也在工作的范围内。不舒服证明自己不够注意。"

我话还没说完，长濑就撞开椅子站起来走了。什……什么意思？他觉得我很好惹吗？可恶，给我记着。下次扣你奖金。

自动门开了。

"哎呀，不好意思，我借厕所用用哦。"

……又来了一个让我烦躁的人。

上个月开始，有个老太婆总是突然跑进来借用公司的厕所。

太不要脸了。水和厕纸都得花钱啊。

都怪八重子趁我不在的时候说了句"随时都可以哦"，现在老太婆每次都毫不客气地跑进来上厕所。有一次长濑问她："您家厕所坏了吗？"她竟然觍着脸说："没有啊。"太令人费解了。

"老太太平时一个人住，肯定觉得很寂寞吧。咱们办公室都是玻璃墙，里面看得清清楚楚，她也许是借着上厕所进来沾沾人气吧。其实我很理解，你就让她用用呗。"

八重子当着众人的面这么一说，我也无话可说了。老太婆好像就住在附近，我还指望她能给我拉个大订单过来，到现在都没指望上。

喝完麦茶，正想让喜多川给我多倒一杯，却发现她在打电话。没办法，我只好自己走进了茶水间。打开冰箱的那一刻，左手突然自己动了。

"……啊？"

左手拿了一个干净杯子倒上了麦茶，然后我被它拽着走到了厕所门口。我真觉得莫名其妙，那老太婆出来了。

左手把麦茶递给了老太婆，像是要请她喝。老太婆愣了愣，接着笑了起来。

"哎呀，好高兴哦！我正好渴了。"

这下我明白了，肯定是左手的神明干的好事。

怎么样，你们都看见了吗？我正在敬老爱老呢，还不快对我心怀敬意。

我回头一看，发现他们都在忙自己的事，谁也没发现神明的伟大行动。

下午有一场"社长研讨会"，我出发前往闹市区的酒店。

这个研讨会每两个月开一次，这三年来我只要有空就去参加。那里聚集了各个公司的社长，是个交换信息和拓展人脉的好机会。

研讨会的主办方是全国规模最大的电气机械厂商日比谷电气，但是不限制参加者的行业。唯一的条件就是社长职位，无论是大企业还是小微企业，大家在这里都是同等的地位。

在前台能拿到一个空卡套，每个参加者都把名片放在里面充当名牌。

最近 IT 行业的风投企业创业者越来越多了，而且好像还越来越年轻。我甚至见过一个二十岁的人顶着小孩子一样的面孔说：

"我有五十个员工。"我听他说了半天，也没弄明白他那公司究竟是干什么的。

今天的活动首先是某网络购物平台的社长发表演讲，然后便是惯例的座谈会。会上准备了各种饮料，成员可以交谈并交换名片。

每次来到这里，我都觉得抬不起头来。意识到对方是生意做得还挺大的同行，我都会偷偷藏起名牌离开现场。

一个看起来跟我同辈的男人过来搭话了。我看他是经营餐厅的人，顿时放下心来挤出了笑容。跟餐厅发展关系没有坏处。交换名片后，我照例做起了宣传："贵公司有电气工程的需求，请尽管找我。"

"您是做电气的呀，那一定很期待周末的演讲吧。"餐厅老板说。

"演讲？"

"哎，您不知道？就是日比谷电气的社长做演讲啊。"

我还真不知道。应该是没来参加的时候通知的。餐厅老板用智能手机打开网站给我看，原来那个活动跟社长研讨会不一样，什么人都能申请参加。

坐拥三十万员工、驰名世界的日比谷电气的社长名叫日比谷德治，现年六十二岁。白手起家能做到这个规模，实在是了不起。他平时不怎么露面，能见到他当然是千载难逢的机会。我的确很想听听他的经营策略。

"您可以去前台问问，就是不知道还有没有名额。"

餐厅老板笑着说完，就不动声色地远离了我。我们还没聊几句呢。他可能觉得没听说过福永电工，不想跟我打交道吧。

不过我还是得到了不错的信息。我到前台一问，刚好赶上了最后几个名额，于是心满意足地离开了会场。

走向电梯厅时，我在走廊上停下脚步眺望窗外。从二十五楼看出去，拥挤的大楼群都远远地俯伏在脚下。

三年前，我下定了决心，从此不再穿作业服。

虽然不时会有人员流动，但我肯定工人们已经能独自做好现场的工作了。我既没有学历也没有钱财，能把公司做到这个规模，不知吃了多少苦。我想这样已经足够了。

从今以后，我要穿西装。我不会再浑身沾满油污和汗水，要用头脑和管理能力把公司越做越大。我要赚大钱，成为人上人，获得所有人的称赞和艳羡。

我想看看站在高处的风景。

我透过擦得透亮的玻璃窗，俯瞰着好似精巧玩具的世界。

回家路上，八重子发来短信："买点牛奶回来。"于是我绕路去了便利店。

真是的，八重子忘了买牛奶，凭什么是我跑腿。

小小的货架上摆着好几种牛奶。记得家里用的是红色包装的牌子。我拿起一盒牛奶，走向收银台。

看似大学生的男店员正在收银，另一个同样年轻的女店员则在我身后给冰激凌补货。

"一百八十一日元。"

我从公文包里掏出钱包，拿出两个一百日元硬币放在收银台上。

就在那时，左手又一次自己动起来，抽出了两张万元钞票。它想干什么？

左手拿着钞票伸向收银台旁边。我吓得全身血液倒流。

喂，喂！你该不会……停下，住手啊！

我的身体完全不听我的使唤了。就在我心中高喊快来人阻止我时，两张万元钞票都被塞进了写着"爱心捐款"的亚克力小箱子里。

男店员惊得张大了嘴。事已至此我也不好意思把钱要回来，只能强忍泪水恋恋不舍地盯着透明的捐款箱。

"找您……十九日元！"

还没从惊讶中恢复过来的店员把找零递给了我。我正要去接，左手却张开五指拦住了店员，很显然是要他停下来。

尽管很不情愿，但我的身体被操纵了，此时只能放弃挣扎。

"……那些也放进去吧。"

我接过装了牛奶的白色塑料袋，背过身去。

刚走出自动门，背后就传来了女店员的吵闹声。她应该在跟男店员说话。

"那个大叔怎么回事？他是神仙吗?!"

接过八重子给的牛奶钱一百八十一日元，我内心还是愤愤不平。

这哪里够。还得再给两万。不对，应该是两万零十九日元。我可是为这盒牛奶花掉了两万零两百日元啊。

我决定实话实说。

"那啥，八重子啊。"

"嗯？"

"你看这个。"

我挽起外套袖子，露出"当值神明"几个大字。

"这是什么啊？"

八重子看起来不怎么惊讶，反倒很稀奇地看着我的胳膊。

"昨天神明附在了我的左手上。"

"哦？"

"然后这手会不听使唤自己动起来，刚才还在便利店擅自捐了两万。所以，这盒牛奶你还得再给我两万。"

"哈哈哈哈——真的吗？"

……我是不是中间忽略掉太多细节了？不对，也许是没找对听话的人。水户黄门的印笼对我这个不拘小节的老婆完全无效。

"你啊，其实还挺调皮的。零花钱不够可以直说啊。"

八重子从钱包里抽出一张万元钞票给了我。虽然她不相信我让我很失望,但钱是无辜的,我就收下了。

我郁闷地吃完晚饭,等八重子哼着歌去泡澡后,自己便在起居室的沙发上躺下来,长叹一声。

这该怎么办?我还以为身体里住着神明,就能在世界上横着走。可是现在呢,一个搞不好我就要身无分文了。

左臂突然像离了水的鱼一样蹦跶起来。我吓得坐起身子,火球嘭的一声从左手掌心跳出来,变成了那个小老头。

"你……你来啦,瘟神!"

我摆出拳击的姿势震慑小老头,他却理都不理我,光着脚走进厨房,掀开了灶台上的锅盖。锅里剩了一些筑前煮。老头夹起一块莲藕放进嘴里,嘎吱嘎吱地嚼了起来。

"我喜欢八重子。"

什……什么?他想对八重子干什么?

"八重子总是那么稳重,遇到事情从不慌乱,特别可靠呀。没有八重子,我肯定胆小得什么都做不了。"

这老头说什么呢?我加重了语气。

"喂,老头,你说你是神明,还想变了不起,所以才跑来找我了不是吗?那你怎么不让我变了不起啊!"

"八重子做的菜真好吃。这火候和入味的程度,真是太绝妙了。"

"老头，你在听吗?!"

"小武，你是当班的呀。你不变了不起，我就不能变了不起，轮班就不会结束，那几个字也不会消失哦。"

老头又变成了一团火球，钻进我的左手。停下，停下，快停下！无论我怎么抵抗，还是斗不过神明。

翌日早晨我到达办公室时，一个工人都不在。

只有喜多川葵一脸为难地坐在座位上。

"人都去哪儿了？"

"不知道啊，谁也没打电话来请假。"

……罢工？

哼，有本事就别来。反正过不了多久都得服软。离开这里，你们还能去哪儿呢？

尽管心里这么想，我还是有点坐立不安。十点钟，八重子来了。今天是她上班的日子。

"哎呀，今天怎么一大早都去现场了？生意很好嘛。"

不知实情的八重子微笑着刚落座，电话就响了。

我吓了一跳，但很快就满怀期待。也许是原冈打电话来说"不好意思我睡过头了"。

喜多川接通电话，困惑地应答了一会儿，接着按下等待键，面无血色地看向我。

"社长，那个……离职代理服务的人打电话来……"

离职代理服务？

我一时间没听懂那是什么意思。下一刻，我意识到真相，顿时感到眼前一黑。

我用颤抖的手拿起听筒，一个扁平的女声传出来。

"您好，这边是离职代理服务公司 Next Do。这次打电话是通知您，长濑、原冈、津守、寺野、白川五位先生已经表明了离职的意愿。从现在起，一切相关联络将通过离职代理服务进行。"

她的那番话无比流畅，让人插不上嘴。

我连忙说："等……等一下，让我跟他们说话。"

"不行，您有事请通过本公司转达。"

"这也太突然了吧。离职也要办手续啊！"

"健康保险证等资料将会由离职者本人寄回，您只要把离职申请等资料寄给我们，本人填写完毕后我们就会寄回。"

怎么这样。怎么这样。怎么这样。

"那你能劝劝他们吗？我的态度是有点过分了，这个我道歉。可那也是为了公司和员工啊。我可以给他们涨点工资，好吗？拜托了。"

"五位委托人离职的意愿都很坚定，而且本公司已经收取了费用，不能违反合同约定。"

电话里的声音像冰块一样冷。

见我无言以对，那个女性又像念手册上的台词一样……也许就是在念台词……平淡地继续道："过后这边将给您发送联系方式，关于离职的事宜请按照上面的信息跟我司联系。"

电话挂断了。

耳边只剩下一串机械的"嘟——嘟——"声。我拿着听筒，愣了好久。

先是眼前一黑，接着脑中一片空白。

我呆呆地站在那里，不知如何是好。喜多川和八重子则忙碌地交谈着，同时操作电脑，到处打电话。

现在是七月，正是安装、修理和清洗空调的旺季。

工人都走了，已经接到的订单该怎么办……我还没想到这茬，喜多川倒是先想到了。

一查才发现，今天以后的订单数据全都被删除了。或者说都是假装接到订单的无效数据。长濑擅长接单，寺野擅长电脑，我把工作完全交给他们是个彻底的失误。

"但是也有电话和邮件订单吧？小葵，你也接到过对不对？那些都被拒绝了吗？"八重子问道。

喜多川欲言又止地指着电脑屏幕。

"你看这个……"

——无论什么电气工程，放心交给我们吧！

有限公司电 Kids

那是一个电气工程公司的主页。画面中间是几个身穿作业服、面带笑容的男人。

我坐在喜多川的座位上，凑近细看那张充满活力的照片。

长濑、原冈、津守、寺野、白川。就是他们。那几个人互相够着肩膀摆出握拳的姿势，看起来高兴极了。连原冈脸上都带着我从未见过的开朗笑容。他们穿着统一清爽的深蓝色作业服，比穿着福永电工脏灰色作业服的时候年轻精神多了。

打开公司概览，他们的创立时间是今天，总经理是长濑。喜多川说她怀疑是不是这样，就上网检索了长濑的名字，果然发现了这个网站。

"虽然不愿想象……但我猜长濑先生很早就有单干的计划，把今天之后的订单全都转移到那边去了。"

喜多川说完，咬住了嘴唇。

"……嗯，应该是这样了。"

"这不是违法的吗？这是犯罪啊，他怎么能私自转移福永电工的订单呢？这也太卑鄙了。去告他们吧！"

"不……算了。"

这件事对我的打击之大，连我自己都感到惊讶。现在，我已经没有力气应战了。

"反正那几个家伙一走，这些订单也做不完。"

老头，这到底是怎么回事啊？难道你不是瘟神，而是穷神吗？这变了不起的道路，怎么离我越来越远了啊？

我在喜多川的电脑前呆呆地坐着，突然听见了电子邮件的收件声。有人在福永电工的主页上发送订单了。

喜多川说："现在暂时接不了单子吧？要不要推掉这位客人，把订单页面关掉一段时间……"

左手突然动了起来。啊啊啊，又来了。

左手轮番使用鼠标和键盘，转眼之间就完成了确认订单的操作。新客人约了后天下午两点给起居室安装空调。订单表格上显示出"已确认"标记。

怎么办啊？公司已经一个工人都没有了，谁去干活？

"……我吗？"

自动门打开了。我以为他们改变了主意，连忙回头一看，没想到竟是那个老太婆走了进来，还笑着说："不好意思，厕所借我用用哦。"

无论多么痛苦，清晨总会来临。

我一如往常地走向巴士站准备通勤。

我有许多事情要考虑。一直以来，公司虽然没有赤字，但也过着拆东墙补西墙的日子。当务之急是尽快增加员工，维持公司运转……

可是刊登招聘广告让我感到了巨大的不安。

要是好不容易招来了，好不容易教会了，又一次遭到背叛该怎么办？一想到这里，我就不知自己究竟该相信谁。

我千辛万苦才走到了现在，千辛万苦才脱下作业服穿上了西装。我可是社长啊，下命令让员工服从不是理所当然的吗？我要当人上人，要向上走，这有什么不对？我走的每一步都是靠自己的不懈努力啊。

巴士站还是那几个老面孔。男高中生、女白领、小学女生、外国男性。这几个家伙最近不知怎的关系很好。等车的时候，他们总是互相打招呼，还聊几句天。我融不进那个圈子，总觉得特别不自在。

我站在队伍尾端的外国男性旁边，等着巴士开过来。他们聊得火热，只有我感觉受到了排挤。本来在公司就经常这样，现在连等车都这样。一个个的都来排挤我。但凡他们愿意跟我说话，我也会回应啊。

唉，还是我先妥协吧。偶尔主动搭话也没什么。

"好热啊。"

谁也不看我，都在自顾自地聊天。

他们在无视我？还是听不见？还是以为我在自言自语？

不对，他们根本没把我当回事。

"……喂!"我大喊一声。那四个人停了下来,齐刷刷地看着我。

知了叫个不停。炎热的天气,加剧了我的烦躁。我气血上涌,大声吼道:"不准无视我!你们以为我是谁!你们应该膜拜我!"

这个水户黄门,我当定了。我要让这帮人屈服在我脚下。我扔下公文包,啪地脱掉上衣。看哪!看我的左臂!

"我是神明!"

三秒钟的沉默。

四个人都惊呆了。高中生瞪大了眼睛,女白领扶着脸,小学生大张着嘴,外国男性愣住了。

怎么样,怕了吧?

可是下一个瞬间,他们猛地吵了起来。

"骗人!""不会吧!""エモい[1]!""真好哦。""原来在大叔那里呀!""哎,他也找过大姐姐?!""啊,千帆妹妹也见过他?""哇,原来不是只有我啊。""好棒,wonderful!"

这……这帮人怎么回事。他们怎么叽叽喳喳的,越发其乐融

---

[1] エモい: 日本流行语,来源于英语的"emotional",是表现"情感被撼动""情感高涨、想要强烈地诉说内心激动"等意义的日语形容词。

融了。

"吵死了，吵死了吵死了！"

我气得直跺脚。笑什么笑。为什么只有我被排挤在外！

"啊，车来了。"小学生指着坡上面说。巴士开到我们面前停了下来。

车门扑哧一声打开了，那帮人兴高采烈地走了上去。

我前面的外国人笑着对我说："火已经发完了，今后大家一起聊天欢笑吧。"

那一整天我都没精打采的，提不起劲来。

喜多川更改了订单系统，还整理了票据。明天安空调的订单由我去做，后面的暂时停止接单了。接到电话订单时，喜多川也语气含糊地用暂时无法接单搪塞了过去。空荡荡的办公室里，回荡着她无可奈何的声音。

八重子今天不用上班，再加上预约了做头发，便像平时一样送我出了家门。出了这么大的事，还做什么头发啊。我心里虽然这么想，但是妻子丝毫不受影响的模样确实让我稍微振作了一些。

"这种时候才更要注重仪表，漂漂亮亮地给自己鼓劲呀。"

鼓劲……要怎么鼓劲啊？

把那帮人找出来，逼他们下跪……

不，就算我想这么做也没那个本事。顶多只能想象一下而已。

那换我下跪？放下尊严求他们回来？

……我累了。

我靠在椅子上闭起眼睛。就在那时，突然传来一股清香。

"请用。"

我睁开眼，发现喜多川就在身边。桌上摆着装在白色塑料杯里的咖啡。想必是用那免费试用的咖啡机做的。

"……嗯。"

我喝了一口咖啡。真香。好像有点精神了。

已经六点了。喜多川关闭电脑，开始收拾东西准备回家。这时，她突然转过来说："社长。"

"啊？"

"今晚跟我一起去脱衣舞剧场吧？"

"……啊？"

我皱起了眉。

"这种时候少开无聊的玩笑。"

喜多川认真地答道："我没有开玩笑。其实我经常去那里，每次看完都特别有精神哦。"

"那你自己去。我对那玩意儿没兴趣。"

我刚说完，左手又自己动了。老头，你又想干什么？我知道自己无法阻止，干脆由着它去。只见左手拿起手机，飞快地给八重子发了消息。

今晚跟喜多川有事。回来得晚，不用给我做饭。

这家伙真要去看脱衣舞吗？算了，我不管了。

手指正要按发送键，突然停下来多写了一行字。

八重子，我爱你 🖤

"喂！"

我惨叫一声，但左手已经按了发送。

我一头撞在桌子上。怎么办啊？不早点变了不起结束轮班，这老头就要夺走我的人生把它搞得一团糟了。

手机很快响起了收信铃声。八重子回复我了。我战战兢兢地打开一看：

我们两情相悦呢 🖤

"……笨蛋。"

说着说着，我的嘴角也勾了起来。我一口干掉咖啡，叫住了正要离开的喜多川。

喜多川带我去了一个坐电车三十多分钟的脱衣舞剧场。我跟她走出第一次踏足的车站，来到了繁华的街区。

一座陈旧的综合商业楼门口竖着"大和剧场"的电光招牌。这是我第一次进脱衣舞剧场。怀着紧张的心情顺着狭窄的楼梯走上二楼，眼前出现了一台售票机。普通票五千日元，女性三千日元。还有老人和学生优惠。

正如我的预感，左手把钱塞进售票机，按了"女性"按键。我把票递给喜多川后，她大吃一惊，高兴得跳了起来。"太好了！谢谢你！"加上我自己的一共八千。虽然花钱很心疼，不过喜多川的笑容倒也让我挺高兴。

打开黑色内门，里面就是剧场。听喜多川在电车上的介绍，这个剧场从早到晚共有四次演出，五名舞者每次都轮流上场表演。喜多川最喜欢一个叫"爱和宁宁"的舞者。我们进场时，第四次演出正好开始。

舞台延伸出细长的花道，周围摆满了椅子。乍一看应该有六七十个座位。

"太好了，赶上了。"

喜多川在最前排发现两个空位，拽着我走了过去。我们并肩坐在了铺着薄坐垫的坚硬椅子上。场内灯光变暗，主持人开始报幕。

"第四场演出，首演舞者是爱和宁宁小姐，节目是《橡子与山猫》。"

"哇，今天演宫泽贤治。"喜多川小声喃喃道。宫泽贤治的脱衣

舞？莫名其妙。我记得《橡子与山猫》讲的是一个少年收到山猫的
邀请函，去参加橡子审判的故事。

灯光亮起，舞台中间出现了一个身穿白 T 恤和短裤的女人。她
五官端正，亭亭玉立，完全看不出年龄。乍一看很年轻，再一看又
像个老练的舞者。这人就是爱和宁宁吗？她把头发束得又高又紧，
想必是要突出"少年"感。另外，她手上还拿着一张明信片。爱和
宁宁迎合着童谣一般的明快曲调，高兴地举着明信片蹦蹦跳跳。

"我收到山猫的邀请啦！"她天真地说完，跑下了舞台。音乐仍
在继续。

"……这是脱衣舞？"我偷偷问喜多川。

她咧嘴一笑："您往下看就知道了。"

音乐突然变了。黄色与绿色的灯光交错，舞台深处的玻璃镜球
转动起来。

然后，一只猫跳了出来。

不，那是扮演山猫的爱和宁宁。她戴着猫耳朵，穿着黑色的和
服与黄色的阵羽织。她在这么短的时间内就换好了衣服？

在夸张跳跃的音乐伴奏下，她像只真猫一样柔软地扭动着
身体。

她的目光停留在喜多川身上，摆出招财猫的姿势表示了欢迎。
接着她又看向我，嘴角勾起微笑，原地转圈后向我伸出手。

我也条件反射地伸出手，接到了一个硬硬的东西。

那是一颗油光锃亮的橡子。

宁宁在舞台上四处起舞，给每一个伸出手的客人发了橡子。看客几乎都是年纪很大的男人，但都顶着幼儿园孩子般的表情接过了宁宁的橡子。

音乐戛然而止，宁宁在花道前方大喊一声："这里谁最了不起？"

我感到了心灵的震撼。

那句话仿佛是针对我的呐喊。这里谁最了不起？

紧接着，赞美诗一般庄严的音乐响起，宁宁坐在舞台上又开了双腿。她散开一头长发，敞开的前襟露出了白皙的乳房。

从这里开始，便是充满了感官刺激的脱衣舞秀。强有力的舞蹈蒸腾出丰润的色香。不知究竟有几分是计算，连顺着身体曲线滑落的汗水都格外妖艳。一件又一件，时而慢悠悠地挑逗，时而大胆地敞开——宁宁逐渐脱去衣衫，露出了美丽而紧致的肉体。

走下舞台时，宁宁朝着远方高声说道："你们当中最不了不起的、最笨的、最丑的、最不像话的、头最扁的，才是最了不起的。"

照明骤然熄灭。

我坐在黑暗中，因为难以言喻的感动而浑身震颤。对啊，《橡子与山猫》就是这样的故事。橡子们争论谁是最了不起的，山猫听了少年的话后，给出了这个结论。

那句话的真意其实深邃而难以理解。但是我摩挲着手中那颗小小的橡子，觉得今天自己之所以被带到这里，是冥冥之中早就注定的。

每个舞者表演结束后，都有一段跟客人合影留念的时间。我在喜多川的催促下走过去排队了。爱和宁宁开朗地跟客人聊着天。轮到我们时，她亲热地笑着说："小葵！"

"今天我把社长带来了。"

喜多川话音刚落，宁宁就大笑起来。

"哎呀，那这位就是小鞭炮吗？"

小鞭炮？什么玩意儿？

喜多川连忙竖起食指"嘘"了一声，但很快就笑着说："唉，算了。没错，他就是小鞭炮。"

喜多川递过去一张一千元钞票，宁宁接过来答道："拍两张是吧。"接着，她就在我和喜多川中间摆起了造型。宁宁请后面的客人拿着数码相机帮我们拍了两张。

拍完照片后，宁宁说："等会儿到酒吧来吧，我做了好吃的土豆炖肉哦。"

"土豆炖肉？"

我还没反应过来，下一个客人已经在跟宁宁聊天了。于是我和喜多川走回了座位。

熙熙攘攘的剧场里还能看到不少女客。我问喜多川："女人看女人脱衣服是什么心情？"

喜多川歪着头想了一会儿。

"每个人欣赏的方式都不一样吧。拿我自己举例，我看的并不是裸体，而是舞者对脱衣的艺术演绎。一个女性一丝不挂地高高站在舞台上，那种闪闪发光的身影特别能打动我。"

一丝不挂。

听了这个词，我内心一震，再次看向宁宁。她的表情跟表演时截然不同，格外柔和地面对着自己的观众。

"我每次看完脱衣舞，都会在洗澡间仔细打量自己的裸体，并深深爱上自己的身体。我会感叹，虽然我可以穿上各种各样的衣服，但是到头来，每个人都是一丝不挂的。看脱衣舞就能让人重新记起这种感觉。"

听了喜多川的话，我低头看向自己的西装。然后，我又想象了一下这套西装下的身体。

跟所有排队的客人合影完毕后，宁宁挥着手走下了舞台。不一会儿，下一个舞者的表演又开始了。

这次播放的是有点怀旧色彩的歌谣曲，一个偶像气质的年轻舞者随着旋律跑上了舞台。她穿着有许多花边的衣服，在舞台上摇摆腰肢，向观众席抛送飞吻。跟刚才的爱和宁宁不一样，这个舞者很快就开始脱衣了。她演绎的好像是回忆旧情人的原创故事。

这个舞者的表演结束，合影时间开始后，我感慨地说："每个舞者都很不一样啊。原来脱衣舞不只是卖弄色情，也是一种创作呢。真了不起。"

喜多川兴高采烈地凑了过来。

"就是这样的！每个舞者都有不同的理念，不仅能看到不同的演绎，即使是同样的剧目，每一次现场都能发现不同的看点。社长能看出来，我好高兴哦！"

喜多川高兴得直摇腿。

"宁宁小姐的演出就更独特了。因为她特别爱看书，经常以小说为蓝本编舞，有好多书我都是看了她的表演才去读的，读完才发现原来她选择了这样演绎，特别有意思。"

说到这里，喜多川站了起来。

"请等我一下哦。"

我以为她要上厕所，没想到她一会儿就回来了，还背着自己的包。

"我们去酒吧看看吧，宁宁小姐已经在那里了。"

我顺着喜多川的手看过去，发现观众席后面有个上半部分嵌了玻璃的门。显然那里就是酒吧。

跟着喜多川走进去后，里面竟是一个比我所想的更完备的"店铺"。柜台里面安了大电视，架子上摆满酒瓶，还挂着写了菜单的小黑板。等间距设置的高脚凳上零零散散地坐着三个客人。

"欢迎光临。"

爱和宁宁站在柜台里跟我们打了招呼。她应该是冲过澡，神清气爽的脸上施了一层增添气色的淡妆，身上穿着简单的浅蓝色 T 恤，套着红色围裙。

回想起她刚才在舞台上的妖艳演出与陪伴合影的殷勤笑容，眼前的她看起来判若两人。

"快坐下吧。D 先生，这位是小鞭炮。"

在宁宁的指引下，我和喜多川落了座。跟我相隔一个高脚凳的座位上，坐着一个头戴棒球帽的中老年男人。

"我是 D，请多指教。"

仔细一看，他的棒球帽上绣着中日龙队的标志，原来 D 是指 Dragon（龙）啊。

"敝姓福永，经营一家电气工程公司。"

"哦，原来是社长啊。你好你好。"

D 先生露出了温厚的笑容。宁宁爽快地问道："小鞭炮能喝酒吗？今天有北海道来的当地好酒，小葵也尝尝吧。"

"为了表示欢迎，两位的酒水就算到我头上吧。"

D 先生从 POLO 衫胸前的口袋掏出两张千元钞票，递给了宁宁。他那个口袋鼓鼓囊囊的，也不知塞了多少张钞票。

"谢谢 D 先生。"喜多川高高兴兴地道了谢。

我也微微颔首道："谢谢。"

"小葵，要吃土豆炖肉吗？还有米饭哦。"

"要！"

"小鞭炮也吃吧。"

"……啊，好的。"

宁宁对里屋的店员喊了一声："美琴，来两杯北国旅人，还有两份土豆炖肉！"我见 D 先生还要给土豆炖肉的钱，连忙阻止道："哎呀，不麻烦您了。"

"别在意，这不是为了欢迎你嘛。"

D 先生笑眯眯地说着，让宁宁接了钞票。

这时，酒也端上来了。我、喜多川、D 先生和宁宁四个人碰了杯。喜多川一口气把酒喝干了。

"你……你没事吧？"

"我没事！"

接着，土豆炖肉也端上来了。宁宁说这是她一大早起来腌制的。

"对了，还没把照片给你们呢。"

她说的是刚才用数码相机拍的照片。我和喜多川各有一张，都印出来装在了塑料薄膜袋里。里面除了照片还有独立包装的糖果和明信片。我拿出来看了看，照片背后还有宁宁的签名和日期，上面写着："能见到小鞭炮，真的太高兴了！"

一大早起来腌肉，每天上台表演四场，中间还要给相片签名题词，包上糖果送给客人，反复更换衣服，还要在吧台后面招待客人。这得多少个爱和宁宁才够用啊。

"樋口先生又要办个展了呢。"D先生看着我的手说。

我以为明信片只是用来垫照片的，仔细一看原来是个人展览的宣传。上面印着樋口淳这个摄影师的名字。

"是啊，虽然在积雪之下酝酿了很久才崭露头角，不过他真的很努力呢。"

宁宁说着，又给喜多川斟了一杯酒。见她没提酒钱的问题，我猜应该是宁宁送的。

"樋口淳？啊，我好像听说过。最近他很受年轻人欢迎吧。"喜多川说着，打了个嗝。

"对呀，他的摄影作品可棒了。以前他上学时在这里打工负责照明，还跟我说他特别喜欢摄影，正在学习打光。他真的在一心一意地追逐梦想呢。"

吧台另一头有人喊了声"宁宁小姐"，宁宁爽快地应着声走了过去。

D先生说："宁宁小姐经常在照片袋里塞他的明信片，默默帮他做宣传呢。而且不只是樋口先生，只要是宁宁小姐认识的人在为什么事情努力，她都会毫无保留地给予支持。"

"她真是太有能量了。自己的工作已经很辛苦，竟然还能帮助别人。"

"那是因为爱吧。大家都爱她，而她则回馈了更大的爱，让爱的能量在人与人之间循环。宁宁小姐知道别人的支持是多么大的力量，也知道单凭一个人无法实现任何梦想。"

我默默地吃了一口土豆炖肉。

微微鲜甜，很美味。

宁宁还在跟两个男客说笑。

我问 D 先生："宁宁小姐多大了？"

"不知道呢。"D 先生高兴地笑道。

"我不了解她的隐私，包括姓名、年龄和住址。就算不知道也不要紧。在这里，她就是爱和宁宁。那些不解风情的事情，我都不问。"

宁宁走了回来。

"小葵，你还好吧？"

我看向旁边，发现喜多川双手捂着脸。她已经把第二杯酒也喝完了。难道是喝醉了犯恶心？

"我好不甘心……长濑先生他们太过分了。"

她在哭。

宁宁端来了水。喜多川泪眼婆娑地说："他们所有人，一下子都走了。昨天还叫我小葵小葵的，跟我特别亲热。原来他们根本没把我当成一起工作的伙伴。因为我是做行政的？因为我是女的？"

我感到胸口一紧。我只顾着考虑自己，没想到喜多川也因为被排挤在外而备受伤害。

宁宁给喜多川递了纸巾，然后看向我。

"所有人都走了？"

"呃，那个……"我含糊地应了一声，喜多川却像决堤似的说了起来。

"他们都背叛了社长，自己开了新公司。本来公司就只有八个人，现在只剩下我和社长，还有做财务的社长夫人了。我们做电气的，夏天本来是旺季，现在却要停止接单，今后到底该怎么办啊！"

"公司这么小，真不好意思啊。"

我忍不住苦笑起来。不过听到喜多川大声哭泣，我自己竟然也轻松了许多。至少，我现在不是孤身一人了。

"原来您是搞电气工程的呀。"一个年轻的店员从后厨走了出来。她被称作"美琴"，一直在柜台跟后厨跑来跑去，性格十分活泼。

"嗯，是啊。"

店员听了又说："那您能帮我想想吗？厨房的空调发生了奇怪现象。"

"奇怪现象？"

"有敲木鱼的声音呢。不仅是开空调的时候有，关了还有。"

哦，那个啊。我立刻有了结论。

"是不是'嘭嘭嘭'的声音？"

"对呀对呀，好吓人哦。但是制冷没有问题，我觉得应该不是坏了。"

"能让我看看吗？"

我离开了座位。

厨房有一扇落地窗，外面是个狭窄的阳台。空调室外机就放在那个地方。我打开窗扣，对店员说："稍微开一下窗哦。"

我把落地窗开了大约五毫米的缝，"嘭嘭嘭"的声音消失了。果然如此。

"排水管进空气了，既不是故障也不是奇怪现象。"

"排水管？"

"就是排出空调水的管子。如果房间气密性高，换气扇运行时会导致气压下降，外面的空气就跑进来了。如果一定要关紧窗户，也可以安一个防止空气逆流的阀门。如果可以只关纱门，那平时稍微开一点窗户就没问题了。"

"好厉害！"店员开心地笑了。不知何时，宁宁、喜多川和 D 先生都走了过来。

宁宁拍了拍我说："哎呀，小鞭炮好帅哦！你把名片留下吧，今后有事就找你。"

"没什么，就是空气顺着管子跑进来了。很简单的事情，也没动手修理。"

这并非谦虚，而是我的真心话。不过既然有人提要求，我还是拿了一张名片给店员，顺便也给了宁宁和 D 先生。

"虽然只是很简单的事，如果不知道原因，就会很害怕呀。"

店员露出了如释重负的笑容。喜多川已经不哭了，表情甚至有点兴奋。

第二天，下午两点有空调安装的订单。好久没下现场了。

我翻出了压箱底的作业服。没想到又要穿上这身衣服了。

正准备出发时，喜多川跑过来说："社长，我有个请求。"

怎么除了老头，连喜多川都要对我许愿了。

"什么？"

"您能带我去安空调吗？"

"啊？"

我吃了一惊，正在理账的八重子说话了："哎呀，小葵，你真的愿意去吗？太好了，那个人方向感特别差。"

"……少啰唆。"

"我本来想一起去，可是外面好热啊，更年期真的受不了。还是留下接电话好了。"

喜多川定定地看着我。

"嗯，那好吧。"

老实说，我也挺高兴的。因为那个地方我第一次去。如果是商业设施倒也算了，只靠住址寻找普通住宅对我来说极其困难。汽车导航和手机地图软件我都搞不太懂，以前一个人出现场也经常半路迷失方向，不得不打电话问路。

喜多川在长裤和 T 恤外面套上了作业服。虽然那只是柜子里的备用品，在她身上又宽又大，但是乍一看也是个挺像样的作业人员了。

客户家住在离办公室两公里远的公寓。我们坐进货车，喜多川负责导航，我负责开车。

大约开了五分钟，正在等红灯时，喜多川看着窗外说："啊，对了。我在这里上过英语会话课呢。"

我看向窗外，只见一座综合商业楼的三楼挂着英语会话班的招牌。那栋楼一楼是附近少见的二十四小时便利店。

"不是有个经常来借厕所的老太太嘛。"

"嗯？"

"上次晚课结束后，我们开了个小派对，大约十点半回家时走进这个便利店一看，正好看见那个老太太从厕所出来呢。她几乎空着手，也没有买东西。不过老太太好像没注意到我。"

"她真喜欢借厕所啊。"

信号灯变绿了。我轻踩油门，听见喜多川继续道："老太太走出门后，我听见店员说'阿姨，下次再来哦'。我觉得很好奇，就问了一句。原来老太太这一个多月经常一大早或晚上过来，也不买东西，就借厕所。"

"……也就是咱们没上班的时间？"

喜多川点了点头。

"老太太不是住在咱们公司附近嘛。一个老年人为了上厕所独自走到便利店，那也太远了吧。早上还好说，晚上肯定很危险。"

八重子说那老太婆肯定是一个人生活太寂寞了，才会借口上厕所来沾人气，可是这个情况显然不太对。莫非她家的厕所真的坏了？怎么不叫人去修呢？是没钱吗？

我们到了客户的公寓。在门口按了门禁后，一个懒洋洋的女声应了门。

"您好，我们是福永电工的。"喜多川口齿伶俐地打了声招呼，楼门开了。

年轻活泼的女声这么轻易就能让人开门，真好啊。我们走到订单上写的房间号门前，一个五十多岁慈眉善目的太太出来迎接了。

"你们能来得这么快真是太好了。我看别的地方都预订满了，得等一个月呢。真的，帮大忙了。"

确认过空调的安装位置后，我马上开始忙活。喜多川负责给我递工具、清扫垃圾，还不时陪太太说说话。聊天的内容平平无奇，就是酸梅干能预防中暑、车站门口的花店很好之类。

我想起了自己刚独立的时候。

高中毕业后，我在商店街的电器店找到了工作。那个店很小，只有我和老板两个人。三十岁那年，我跟老板大吵一架，终于受不了那个脑筋顽固的老头了。我一心以为，自己不是在这种萧条的商店街小店铺里度过余生的庸才。

后来我又辗转了好几家电气类公司和工厂，也跟八重子结了婚。临近四十，我终于成立了"福永电工"。公司一开始连办公室都没有，员工只有我一个人，主要面对普通家庭承接空调和智能马桶的安装及修理委托。

为了帮我导航，八重子经常跟我一起跑现场，但是并不干涉我的作业，只像喜多川现在这样跟那家人的太太闲聊几句。

我彻底忘记了。回想起来，八重子就是靠这个为我巩固了客户的信任。每次太太们都会对八重子说："下次有事还找你哦。"并不是对我。

这些太太平时都是独自在家，有个开朗的女性员工陪同作业，想必能让她们放心不少。也许有的地方她们并不希望让男人看到。一些小问题和不好意思说出口的话，与其对着不苟言笑的我，她们可能更愿意说给八重子或喜多川听。

对啊，我们的工作会介入他人的生活空间中。

装好空调，做好试运行后，太太和喜多川齐声欢呼，还给我鼓起了掌。虽然久违的工作让我有点紧张，可我并不讨厌做这种事。

"我这就去泡茶，你们喝了再走吧。"

太太走进了厨房。我本想婉拒，但是没等收拾好东西，她就端来了加了很多冰块的麦茶。

"您家厨房有个灯坏了呢。"喜多川说道。我转头一看，厨房原来有两个灯。

"就是呀，前天突然不亮了。我买了新灯泡，但是觉得只剩一个灯也够用，就一直嫌麻烦没安上去。"

我们喝着麦茶，太太又端来了甜点。

喜多川说："我帮您弄吧？"

"啊，真的？"

"嗯，不算您钱。"

喜多川看了我一眼。我一言不发地点点头。

太太从斗柜抽屉里拿出灯泡，递给了喜多川。喜多川走进厨房展开了我带上来的脚手架。

"谢谢你，真是太好了。其实我挺害怕做这种事的。又怕安灯泡被电到，又怕从椅子上摔下来。换完爬下来，也害怕失去平衡呢。真像冒着生命危险换灯泡。"

冒着生命危险换灯泡，这也太夸张了。我险些笑出声来，太太却一脸严肃地继续道："就我自己在家，万一真磕到头了可怎么办，真是想想就害怕。今天有人来安空调还好，平时也不好意思为了一个灯泡专门叫人来啊。"

我突然想到了那个来借厕所的老太婆。

莫非她也是？

太太捧着麦茶又说："以前在商店街的电器店买灯泡，还能叫老板顺便来换一下。那时候是真方便啊。"

"亮啦。"一声开朗的招呼，厨房顿时变亮了。喜多川像舞台上的舞者那样张开双臂，摆了个夸张的造型。

回程的车上，喜多川开口道："社长，那个……我有个请求。"

"怎么又来了。"

我忍不住笑了。喜多川在副驾驶席握紧了双拳。

"您能教我做电气工程吗？我查过了，女性也能考电气工程师的资格证。我想努力学技术，将来当工程师。"

我已经猜到她会这么说。

我转动方向盘，安静地回答："如果手不够巧，学起来很难哦。"

"这个我懂。我知道自己不够手巧，所以会加倍努力。那些一开始就能做好的人发现不了的事情，我一定能发现。我会比手巧的人记住更多细节。干力气活虽然比不过男人，但肯定有我能做的事情。"

前方信号灯变成了黄色，继而变成了红色。

"我终于找到了自己想做的事情。请您教我吧。"

我配合前车的速度缓缓踩下了刹车。

"我很严格，你得做好心理准备。毕竟我是个头脑顽固的老爷子。"

"……谢谢社长！"

喜多川朝我伸出一只手，我也伸出了右手。

交握的掌心，传递着亲切的体温。

喜多川笑着说："请多指教，师傅！"

周末，我出门去听日比谷电气的社长日比谷德治的演讲。

会场在他们公司二楼的活动中心。走进门去，里面已经聚集了大约一百名听讲人。因为是自由席位，我坐到了最后排的角落里。

日比谷德治准时出现，穿着潇洒的高级西装，蹬着乌黑锃亮的皮鞋，举手投足优雅又不乏威严。

说话宛如新闻播音员那样流畅的女员工先上台，用幻灯片介绍了日比谷电气的业务内容和企业沿革。跟福永电工相比，这个公司的规模实在太大，完全不是一个世界的。

到了日比谷德治的讲话时间，全场人都把注意力集中在了他的身上。

"成功者并不是干什么都顺风顺水的人，而是在遇到挫折时勇于面对的人。"

这里最成功的人就是日比谷德治。他是否也克服过重重险阻？那也许是我做梦都想象不到的艰难。

我带着一丝亲近感聆听着他的话语。

演讲结束后，我正要起身离开，却听见有人叫了一声"福永先生"。那是一个态度柔和、气质高雅的女性。

"您是福永电工的福永武志先生对吧。敝姓三枝，是日比谷德治的秘书。日比谷想请福永先生私下交谈几句。"

"……嗯？跟我吗？"

怎么回事？日比谷德治找我？他怎么知道我这个人？

"不好意思，让您受惊了。刚才进公司时，日比谷在前台看见了您登记的姓名，所以想请您有时间到社长办公室坐坐。"

那个日比谷德治竟然知道福永电工？这是我勤去参加社长研讨会的结果吗？不，那也不可能是好事。搞不好是长濑他们背后做了手脚，想搞垮我的公司。

我慌忙站起来，战战兢兢地跟着秘书走了。

秘书带我走进专用电梯，轿厢一个劲地往上升，搞得我耳膜生疼，最后总算停在了三十三楼顶层。这里比平时办社长研讨会的酒店还要高。

秘书敲了敲宽大的办公室门，里面传出一声低沉的"请进"。

接着，秘书恭敬地打开门，领我走进了社长办公室。我的心脏都快从嘴里跳出来了。

一整面镶嵌着巨幅玻璃墙的宽敞房间内摆放着硕大的办公桌，日比谷德治就坐在后面。由于紧张和逆光，我没怎么看清他的脸。

日比谷德治高兴地说："又见面了呀，小鞭炮。"

"……嗯？"

日比谷德治拿出藏在桌子底下的蓝色棒球帽戴在头上。那上面有中日龙队的标志。

"D 先生！"

我险些晕厥过去，但勉强用发软的双腿撑住了身体。对啊，日比谷德治就是名古屋[1]出身的。

"快请这边坐。"

D 先生走向沙发，让我坐下来。黑色的皮沙发摆成了面对面的布局，我小心翼翼地坐了下来。

"我正好在申请参加的名单里看见小鞭炮的名字，一下高兴坏了。"

"啊，是吗，那个……"

D 先生不像水户黄门，更像是远山金四郎[2]。平时扮成闲人四处晃悠，在关键时刻露出肩上的樱吹雪刺青制裁罪恶的北町奉行——远山景元。

我紧张得满头大汗，秘书给我端来了茶水。然后，她微微欠身行礼，离开了办公室。

门一关上，D 先生就摘掉帽子，凑过来说道："福永先生，要不要到我这儿来？"

我险些喷出刚喝进嘴里的茶水，呛得连连咳嗽。

他……他刚才说什么？

"到哪里……"

"到我公司来啊。当然是正式雇佣。我这人就相信缘分。公司

---

[1] 中日龙队 1936 年组建时称为"名古屋队"。
[2] 远山金四郎：原名远山景元，江户时代的奉行，与水户黄门均以微服私访的事迹为人熟知，但金四郎并非幕府重臣，而是地方治安官。

有个负责商品修理和定期检查的保养部门，福永先生你经验这么丰富，我给你准备一个管理职位吧。年收入保证让你满意。小葵也可以到公司的行政部工作。"

我吗……我这个没有学历、没有人望，也没有什么资历的人，能进大名鼎鼎的日比谷电气……

稳定的大企业、高收入。八重子肯定能过上更轻松的生活吧。而且有了社长当靠山，肯定谁也不敢反抗我。

这可是出人头地的大好机会啊。这下我就能功成……名就……了吗？

我满手都是汗，连忙在外套上蹭了蹭。这时，我隔着口袋摸到了一个硬硬的东西。

……橡子。

是爱和宁宁那天给我的橡子。

——这里谁最了不起？

手把手教我从零学会电气工作的老板。

我这么没出息也毫无怨言，总是开开心心支持我的八重子。

在我这个不自量力的人手下努力工作的员工。

还有……信任福永电工的客人。

原来，我只是把自己抽离出来了啊。我身边始终流淌着这么多的爱的能量，而我却切断了那个循环。

我想起了喜多川葵的表情。她说她总算找到了想做的事情。

我安静地摇了摇头。

"谢谢你，但是请容我拒绝。"

日比谷德治可能没想到我会这样回答，高高耸起了眉毛。我长叹一声，直视着他的双眼。

"我要重新开始。"

日比谷德治扶着下巴想了想，突然露出了温柔的笑容。他戴上棒球帽，又成了 D 先生。

然后，他似乎很满意地笑着说："这么好的事你也能推掉，真了不起啊。"

我回到了办公室。

打开电脑，调出已经停止接单的页面，重新开始接单。我决定先调整态势，保证一天能做三单。

接下来要招工，在新员工习惯之前可以不那么贪婪。只需要放宽心态，脚踏实地，一步一步前进。

对了，不能我一个人面试新人，把八重子和喜多川也叫上吧。

我要跟大家一起开创新的福永电工。

所以，我现在又要——

脱掉西装了。

一不小心弄到了深夜。我离开办公室，走向最近的巴士站。

星期日开往坂下的巴士最后一班车是十一点三分出发。车上很空，我找了最后面的宽敞座位落座。

原本在车上的两个乘客先后下了车，现在只剩司机和我两个人。

突然，左臂跳动起来。老爷子，你要出来吗?! 这里可是车上啊!

果然，一个火球从左手飞出来，变成了老头。

"我喜欢巴士。"

老头把脸和双手贴在车窗上，注视着外面。

我看了一眼司机。可能离得远没发现，他并没有吃惊的模样。

"老爷子。"我喊了他一声。

老头看着窗外说："我是神明。"

"……神明大人，我之前一直是隐约有感觉，现在完全确信了。"

也不知他有没有在听，只见神明指着窗外说："啊，小猫。"

"你……我的左手擅自做的事情，其实就是我内心真正想做的事情，对吧。"

给老太婆倒麦茶、尽我所能地捐款、对八重子表达爱意、下班后豪爽地请下属娱乐、接受现场的工作。

在别人眼中，这可能都是很简单的事。可我就是做不到。因为我自卑、吝啬，还有着扭曲的自尊心。

可是，我在因为神明自由奔放的举动心慌意乱的同时，也产生了久违的心情。那种心情很奇妙，就像去了远方的自己说了声"我回来了"。这让我很想对那个自己说："回来啦。"

巴士在坂下站停车，我站起身，神明也站了起来。

后部车门打开，神明先行一步蹦到了外面的沥青路上。我也一脚踏出车外。司机说了声："感谢乘坐。"

他只对我说了吧。也许司机真的看不见神明。

我边想边走下车，却听见司机又说了一句："感谢乘坐，欢迎下次再来。"

他的语气恭敬得有些不自然，我忍不住回头看了一眼。然而车门已经关闭，巴士缓缓驶向了斜坡上方。

夜更深了。一阵清爽的风吹过。周围没有人，于是我脱掉了外套。

突然，我怀疑自己眼花了。左臂的"当值神明"消失了。什么时候消失的？

"神明，这个——！"

马路的另一侧是早上乘车的站牌。神明定定地看着那边。

"这个世上啊——"

"啊?"

"都是别人丢失的东西。没有什么是一开始就属于自己的东西。"

神明的语气温和而坚定。不知为何,周围既没有人也没有车。一片死寂,连虫鸣声都听不见,仿佛时间都静止了。

"每个人都会遇到别人不小心丢失或故意落下的东西,然后莫名地想要拥有。可是,光把它捡起来,并不能让它成为自己的东西哟。绝不可能。"

我想起了那张消失的一万日元钞票。神明慢悠悠地继续道:"人都是因为向往而模仿,从中活出自我,把它变成只属于自己的东西。也许几乎没有人知道,在那个过程中,自己也会掉落一些东西在别人面前。"

神明突然看向天空,咧嘴一笑。

"坂下,七点二十三分,真是太开心了。下次要去什么地方呢?"

他要走了。想法闪过的瞬间,神明化作一团红光,钻进了站牌的水泥台座中。那一刻,站牌咔嗒咔嗒地摇晃了起来。

下一个瞬间,它又一动不动了。

一只野猫穿过了人行道,汽车在马路上驶过,行人与我擦肩而过,不知何处的民居传出了笑声,还有虫鸣声。时间……世界再次动了起来。一如往常,就像什么都没发生过。

翌日早晨，我跟喜多川和八重子商量了今后该怎么办。没有人垂头丧气。我们都决心从现在起要合力渡过难关。

等到商量得差不多了，我看见自动门缓缓打开。是那位老太太。

她走出洗手间后，我尽量缓慢地向她搭话。

"老太太啊，你家厕所的灯泡是不是坏了呀？"

老太太尴尬地躲开了我的视线，随后无奈地点了点头。

灯泡坏了，仅此而已。真的，就是一件小事而已。

所以她才没好意思请人来。

与其请人到家里来解决换灯泡的小事，她情愿三更半夜走好长的路去借厕所。

以后，就由我来吧。无论任何时候，我都会为这样的人奔走。

老太太家就在办公室后面，是一座又小又旧的独栋房子。我跟喜多川一起走了进去。

房子里的厕所结构狭长，还是暗卫，外面走廊的照明也老化故障了。即使是白天，这里也是一片漆黑。

"之前我也打着手电筒进去过，可是那样又挺吓人的。"

我试着打手电筒进去看了看，确实有种试胆大会的可怕氛围。难怪老太太会害怕。在这种状态下谁都没法安心上厕所吧。

为了保险起见，我带来了头灯，于是我把它戴到头上，爬上了喜多川放置在马桶边上的脚手架。

"师傅，你好像探险家呢。"

喜多川看见我的头灯格外兴奋。好吧，下次让你也试试。

我拆下旧灯泡递给喜多川，她查看了接口的尺寸，从我们带来的备品中找到了同样是 E26 型号的新灯泡。

光滑圆润的电灯泡。

老太太，你等着瞧吧。这家伙可能干了。

我把灯泡插进接口，转了几圈上紧，然后使个眼色，喜多川立刻按下厕所的照明开关。

山洞一样昏暗的厕所顿时亮堂得好似夏日祭典的摊位。

老太太露出了痴迷的表情，仿佛看到了新生的婴儿。我站在脚手架上，看着她沐浴在橙色灯光中的笑容。

——我怎么就没发现呢。

其实我一直以来都站在高处看着这样的风景啊。

老太太眼眶湿润地抬头看着我。

"啊，太谢谢你了……"

说着，她对我合起了手掌，仿佛在膜拜神明。

青山美智子
&
田中达也
（微缩模型摄影师）

特 别 对 谈

·您曾经拒绝过封面拍摄的邀请，后来为什么答应了？

——田中老师因为什么答应了为青山老师的作品拍摄封面？

青山：在制作出道作品《星期四，喝可可》时，责编给我推荐了好几位插画师和摄影师，其中也包括田中老师。是我一口咬定要给田中老师做，给别人我都不答应（笑）。但是田中老师当时正在制作《雏鸟》（二〇一七年上半年播放的 NHK 电视连续小说）的片头曲微缩模型，处在备受关注的时期。现在回想起来，像我这种寂寂无闻、连新人奖都没得过的作家，别说请他来拍摄封面，甚至发出委托的行为都显得很僭越。不过当时我也是初生牛犊不怕虎，咬定青山不放松，结果就得到应允了。

田中：因为青山咬定不放松，我就答应了。

众人：（笑）

田中：当时我几乎没制作过封面，所以对那个委托不是很上心。再加上工作安排又有点紧，所以一开始的回答是："可能有点难啊……"

青山：不过，我这边又邀请了一次。

田中：我感觉到了很大的热情，就把出版社送来的稿子读了一遍，觉得微缩模型的确很适合用来表达里面的故事。我的创作通常是把日常生活里的东西摘取出来进行艺术加工，不会把焦点集中在一个主人公身上，而是表达在某个风景中的人们各自的心中所想，表达那种"氛围"。《星期四，喝可可》正好讲述了一个小小的咖啡店里的种种登场人物的故事，我觉得很符合我的风格。当时决心接受这个委托，现在想来真是太好了。如果拒绝了，我肯定会后悔不迭。

青山：我的想法是，如果创作新作品很难，那就从田中老师过去的作品里面挑，于是看了两千多张照片，列出了一些符合故事内容的作品。就在那时，责编打电话告诉我："田中老师答应制作哦。"我太高兴了，真的从椅子上跳了起来（笑）。

·那些多彩的登场人物都从何而来？

青山：我觉得自己的小说跟田中老师的摄影作品最相似的地方，就是"没有特定的谁，可以是任何人"。田中老师的微缩模型偶尔也会是《七龙珠》的角色，但基本上都没有特定的身份。我最想写的也是"没有特定的谁，可以是任何人"的故事。

田中：读青山老师的小说时，我总会觉得里面的登场人物"好像什么人啊"。我会不由自主地把人物代入自己认识的人，或是擦肩而过时印象深刻的陌生人。

青山：如果读者能有这种感觉，那我就太高兴了。

田中：我在创作时会把微缩人偶摆放在一个场景中，"剩下的由欣赏者自由想象"。但是创作小说时，作者必须要深入具体人物的内部，挖掘人物的内心，否则就无法讲故事嘛。其实我也很好奇那究竟是怎么从自己脑子里抽取出来的。

青山：我也很好奇（笑）。我觉得一切还是以自己的亲身体验为基础。可是如果不做任何加工，描写出一个五十多岁的日本女性角色，那就过于真实，以致无法发散了。于是我就把基于自身的体验移植到小学生或老爷爷身上，用男女老幼各式各样的角色来表达，使作品的世界变得更丰富多彩。简单来说，就是实际体验加上想象吧。另外，还有我自身的愿望。比如"我真希望世界上有这样的人"。《星期四，喝可可》的咖啡店老板就是我最理想的人物，我一直很希望能碰到像他那样的人。

田中：后来你见到了吗？

青山：虽然没见到，但是那本书出版后，我偶尔会碰到一些人，让我觉得"这个人好像那个角色啊"。比如……田中老师！

田中：我妻子也说过同样的话（笑）。你是说《星期四，喝可可》第二个故事里登场的希望成为画家的辉也吧。

青山：没错。我在线上谈话活动时提起过这件事，田中先生的夫人也去听了。我们在社交软件上聊得很开心呢。辉也爸爸因为爱画画而辞去了工作，并宣称从今以后包揽所有家务。他在照片墙上发表作品后被老板发现，然后参加集体展……故事到这里就结束了。其后，《在树下传达神谕的猫》（2018 年）提到他已经成了一名粉丝数超三万的人气画家，《星期一，喝抹茶》（2021 年）有提到他在纽约得奖，名声传到海外。这个人物最初登场时，我并没有以田中老师为原型，但第二次登场以后，我就擅自模仿田中先生的经历，给了他通过网络逐渐成名的发展轨迹。

田中：我读后的感想就是："他有出息了！"自从听妻子提起后，我就专门把辉也登场的部分重新读了一遍（笑）。

青山：也请各位读者回溯一下辉也爸爸的成名轨迹哦（笑）。其实我还擅自根据田中老师设计了另一个登场人物，那就是《当值神明》里登场的新岛直树君的同学中田君。

田中：原来是现充中田！（笑）

青山：不止如此，中田君的女朋友沙百合的原型还是田中老师的夫人。我一直觉得田中老师两夫妻的关系特别美妙，于是开始幻想"如果他们二人是从高中开始交往的会怎么样"，然后就写出来了（笑）。

田中：太荣幸了（笑）。

青山：刚才我说自己创造的登场人物"全部基于我自己的真实体验"，其实很多时候我也会凭别人的一句话幻想出一个人物。中田君就是其中的典型。故事中不是有一段讲到沙百合经常抱怨"中田君总是不认真听我说话"吗，那是来自田中老师在一场微缩模型艺术展览会的谈话节目中的发言。他是这样说的："我在日常生活中很容易就陷入妄想状态，经常被妻子说'你根本不听我说话'。"我当时听了就觉得田中老师在秀恩爱，忍不住露出了姨母笑。

众人：（笑）

青山：我在小说里也写了"怎么听都像是秀恩爱"。不过这也让我觉得理所当然。因为在我还没见过田中先生的时候，就通过他的作品感觉到"他一定有非常珍重的伴侣吧"。后来我在《情热大陆》中看到你们一家人，也觉得这样的家庭真是太美好了。所以故事的主人公心里嘀咕的那句"我也想被女朋友这样说一说"，其实是我把自己幻想成男人发出的感慨。我的小说里真的装满了各种各样的幻想（笑）。

·不为自己而为别人，这就是大叔的人生之道?!

青山：经常有第三方介绍田中老师的作品是"孩子的创意"呢。可是，我不太会这么想。我当然赞同田中老师有着孩子一般自由的创意，但您的作品总是给我一种"成熟男性的温柔注视"的感觉，让我觉得这是很珍视每一天的平凡生活的人才能创造的艺术。田中老师看见过的、经历过的东西都表现在了作品中。这是我最喜欢的地方。

田中：比拟是每个人在小时候都尝试过的做法。大人们都太认真了，所以他们才会说那是"孩子的创意"。不过我是把自己的爱好和日常生活的行为直接融入了作品中，如果说那是成熟男性的艺术，那么应该是很恰当的。

青山：人生果然会体现在作品中呢。我出道得比较晚，是在四十七岁那年，但如果在十几岁二十几岁的时候，我恐怕写不出现在这样的小说。

田中：我觉得青山老师有个很厉害的地方，就是能够逼真地描绘十几岁二十几岁的人。像我就很难创造出受十几岁女性欢迎的作品。即使我努力去做年轻的表达，看起来也只会像大叔强装年轻人（苦笑）。青山老师能让男女老少各式各样的角色在作品中登场，真的非常厉害。

青山：因为我是 cosplay 型的创作者。我会附身在那个角色身上，变成那个角色。

田中：青山老师写的大叔的故事就特别好。虽然我还没有到那个年龄，但是看了也深受触动。

青山：大叔最好写了，因为我觉得自己就有七成是大叔（笑）。

田中：一般人都不太喜欢大叔吧，不过青山老师对大叔真好。您的大叔往往在故事中承担了重要的使命。最让我印象深刻的是《镰仓旋涡咨询所》（2019 年）的最后一篇（《一九八九年　冰激

凌旋涡》），大叔做的事情兜兜转转到了未来，带来了令人欢喜的
结果。

青山：厉害！听你这么一说，我写的大叔还真是经常成为关键
人物。

田中：原来您是不自觉这么做的吗？

青山：其实可能有打算吧，但也属于是下意识的。田中老师是
第一个指出这点的人。我现在特别兴奋。

田中：青山老师的小说中，不为自己而为别人做事，就会带来
好结果。我觉得大叔要想得到幸福的生活，就必须这样做（笑）。

**·封面的关键在于发现动机。朝阳会发光，茂造的脑袋也会
发光。**

——《当值神明》这本书是青山老师第四本小说。跟之前三本
一样，每一章都有不同的主人公，其故事串联成了短篇连作的形
式。有一天，主人公们突然被选中成为"当值神明"，必须实现那
个身穿运动装的神明提出的愿望。请问您是如何想到了如此奇特的
创意？

青山：我的灵感来自比利肯先生。可能大家都知道大阪通天阁
的比利肯塑像，其实他是来自美国的幸运之神。听说抚摸他的脚底
能够得到幸运。有一次，我在网上看见一个很大的比利肯摆件，要

卖三万日元左右。我住的是公寓楼，当时就想如果把比利肯放在门外的花坛上，住户经过我家门前时都摸摸他的脚底，说不定会很好玩呢。我真的考虑了好久，觉得买了倒是无所谓，问题是不想要了还不好扔掉。于是我就开始幻想，干脆让町内会买下比利肯，然后会员轮流持有。这个幻想后来就变成了《当值神明》。至于神明为什么成了穿运动服的老头，那是因为他的原型是茂造（吉本新喜剧的辻本茂雄饰演的老头角色）。每个人心中不都住着一个人嘛……哎？田中老师不觉得吗？

田中：呃，我不觉得。

众人：（笑）

青山：啊，真的没有吗?!（笑）我心里其实住着茂造，比如对丈夫有点生气的时候，茂造就会在脑子里说那句著名台词："你就饶了他吧。"然后我觉得有道理，就不再生气了。

田中：像是被第三方劝说一样呢，的确更容易平静下来。

青山：就是就是！然后我就发了好多穿运动服的茂造的照片给田中老师作为参考资料（笑）。最后做出来的微缩模型特别完美，我真的好感动。还有把茂造的脑袋比拟成太阳的细节，真是太棒了。

田中：我看见网上有卖"茂造的假发"，买回来一看却发现头顶油光不够亮，觉得只能自己做了。接着，我就用锉刀把搓圆的纸黏土打磨光滑，又在上面涂了一道清漆，让它闪闪发光。

青山：我究竟让宝贵的田中达也做了些什么啊（笑）。

田中：为青山老师构思封面时，我会一边读小说一边挑选适合作为微缩模型的素材。比如这次的是朝阳。朝阳会发光，茂造的脑袋也会发光，两边的头发还像云朵一样——像这样把构思结合起来，逐渐铺陈开去，比如运动服上的白边可以成为巴士开过的公路。

青山：对了对了，《当值神明》的登场人物一起等待的早班车是七点二十三分发车，那其实来自日语"0723"与"熟识之人"（おなじみ）的谐音哦（笑）。

田中：我还真不知道呢（笑）。

青山：我觉得田中老师真的很厉害，特别专业，是因为他在为《在树下传达神谕的猫》设计封面时，想用到真正的大叶冬青叶子，就为了一片叶子去买一整棵树回来。可是在网上查过尺寸后，发现树太大了搬不进事务所，后来是编辑到处去问神社和寺院，才总算要到了一片叶子。

田中：为青山老师的书设计封面时，寻找素材可能是最辛苦的步骤。因为将应该使用的素材作为最重要的关键词，这与我平时的做法不太一样。做《镰仓旋涡咨询所》时，我还找过菊石的化石呢。后来我放弃了那个素材，用细细镌刻的塑料板表达世间的前进和回卷，做成了有点抽象的摆件。

青山：《星期四，喝可可》自然是殿堂级制作，《镰仓旋涡咨询所》的微缩模型我也超级喜欢。

田中：非常重视地重现了小说的内容呢。虽然这不是我自己该说的话（笑）。

·身为作家的信念？当然在开始创作那一刻的自己心中。

——《当值神明》单行本的腰封印了田中老师的推荐文字。"普通的日常也会在不同的看法中变得有趣起来。当你意识到这点，清早的太阳就犹如降神般美丽。"请问您认为本作最有魅力的地方是什么？

田中：其实跟其他作品一样，青山老师故事里的登场人物不会因为比如说得到了一大笔钱使得具体的处境变好，而是那个人的内心发生了改变，使他的人生变得更积极向上了。这样的故事乍一看可能有点奇幻，实际却意外地并不奇幻。登场人物内心的变化带动了问题的解决，这是很接地气的解决方式，因此能够带入自己的现实中进行参考。简而言之，《当值神明》里的神明，其本质其实是自己的心声。所以刚才我听到青山老师说"我心里其实住着茂造"时非常吃惊。原来那不是自己的声音，而是茂造的声音啊。

众人：（笑）

田中：不过那也不是不能说成自己的声音。

青山：就是呀（笑）。

田中：对我而言，比拟中"物体本身的价值不改变，但是对物体的价值观会发生改变"的部分非常重要，而我在读到《星期四，喝可可》的时候，就发现青山老师的观念跟我很相似。

青山：我希望读者能够按照自己的方式去理解作品，所以不怎么会留下来自作者的信息。不过田中老师刚才说的确实是我内心认为很重要的东西……对此，我特别高兴。

田中：其实跟推理小说有点类似。我们一开始就清楚对登场人物来说还是谜团的问题，并带着想象和期待的心情看登场人物如何解决问题，中间经历了什么样的感情变化。大家都知道自己领悟的重要性嘛。这回最让我感动的就是最后那个社长的故事（五番　福永武志 [小微企业社长]）。主人公面临着选择金钱和名声，还是拒绝那些、选择更重要的东西这一问题。社长并没有把自己的决定当成是神明的选择，而是发现那其实是"我内心真正想做的事"。那个故事真是太打动我了。

青山：我也很喜欢那个故事。

田中：其实那位社长的选择也能代入我自己的经历中。举个例子，假设我接到了一个跟自己的风格不相符的广告委托，其实我还是会犹豫一瞬间的（笑）。我该接受这个委托，还是坚持信念推掉它？另外，如果被照片墙上的点赞所影响，我会纠结于自己认为好的作品与其评价的背离，并因此陷入瓶颈。人难免会有欲望，但我觉得应该坚定不移地贯彻对自己而言相当于根基的东西。

青山：您这番话对我来说真是太及时了。毫不谦虚地说，我感觉最近喜欢我的读者越来越多了，而我自己却适应不了读者的增长速度。这时我就会感到"我算什么啊……"，变得自卑起来，同时又会越来越贪婪，导致情绪很不稳定。

田中：我认为真正重要的东西，也就是身为作家的信念其实存在于最初开始创作的自己心中。最近我经常想，"不忘初心"真的是很有道理的话呢。

青山：初心……田中老师的初心是什么？

田中：我的初心就是比拟。我想尝试这个世界上存在的所有的比拟。其实除我之外还有无数人在研究比拟，我一个人是不可能做尽的。到最后我一定会先离开人世。只不过，我这辈子都会保持好奇心，想看看自己在死之前究竟能做出多少比拟。

青山：您从一开始就把比拟当成了毕生的事业吗？

田中：是从第一本摄影集出版时开始的。集中做了一段较长时间的工作后，我感到"这有点像收集呢"。然后就有了收集的欲望，想要"全部收集起来"。现在我的心情相比"创作"，其实更像是"收集"。多了一件作品，就等于多了一件藏品，也就离终点近了一步。当然，我也预感到了贯彻比拟的目标能够让我身为创作者的工作最终变得有趣起来。单独的比拟固然重要，但对我个人而言，我死之后留下的所有作品被以一个整体的形式展示出来，这恐怕才是真正的表达。

·创意会带来更多创意。没有出就没有进！

——青山老师的"初心"是什么？

青山：其实有一件作品能够让我时刻回忆起自己的初心，它已经成了我心目中最重要的东西。每当我忍不住要屈服时，都会注视着那件作品。（拿出《星期四，喝可可》的封面给田中老师看）就是这个。

田中：哦哦！（笑）

青山：本来以为田中老师不会接受委托，没想到您最后还是接受了。而且您还看了我尚未成书的稿子，创造了这上面的世界。看到完成的作品时，我真的特别感动。而且田中老师在制作微缩模型前一定会画草图不是吗？我收到您的草图邮件，在电脑上打开那一刻……（含泪）我在二〇一七年八月出道，到现在为很多令人快乐的事情流过泪，而在看到田中老师的草图的那一刻，我哭得最厉害。

田中：那真是太感谢您了。

青山：想起那一刻的情景，我现在都想哭，并且决心要继续努力。看到田中老师的画里那十二色的小人，我顿时就想："大家都在里面！"拉尔夫先生（《第八章　拉尔夫先生最好的日子》主人公）就是拉尔夫先生的样子，每个角色都特别有个性。那张草图让我意识到这些角色不仅存在于我脑中，还存在于田中老师和众多读者的脑中，这让我高兴得不能自持。那一刻的欣喜就是我的初心，而《星期四，喝可可》的封面最能让我回忆起这个初心……机会难得，我能再对田中老师表示一下感谢吗？

田中：你夸我夸得太多了，害我好紧张（笑）。

青山：我作为一个创作者，从田中老师那里学到了，或者说被他培养起来的东西有很多。比如我刚出道时，并不知道自己身为小说家今后该学习些什么，如何才能写出更好的小说。这种时候，我恰好看到了田中老师出演的那一集《Fresh Faces》。

田中：好怀念哦！我确实参加过那个节目呢。

青山：田中老师不是每天都在社交网页上更新比拟艺术作品吗？一天又一天地积累，到最后会变得无比强大呢。另外，田中老师在《Fresh Faces》里说过的一句话也给我留下了很深的印象。您说："我把牛角包比拟为云朵，但是并没有止于这一步，而是不断地变出更多创意。我毫不吝惜努力，就为了进一步突破牛角包的极限。"我也想用自己的方法，突破到牛角包的另一端极限。我觉得是田中老师告诉了我：最重要的是不吝惜努力，只要坚持就能得到更多创意。所以我决定用一年的时间去尝试，每天想一个故事出来，哪怕只写五行也好，总之要每天都写。我想看看一年后的自己究竟会变成什么样子。就这样，我用受田中老师启发的学习法努力了一年，果然如田中老师所说，只要加倍努力，创意就会带来更多的创意呢。

田中：创意如果不转化为产出，人就会一直满足于同样的东西，觉得自己心里还有珍藏的创意，这段时间肯定是安全的。如果不把那些东西都转化为产出，下一个创意就不会到来。常有人说"创意受阻"，如果前面堵车了，后面的自然开不过来呀。

青山：人总会有"这个创意在这里用掉太可惜了，我想留到后面再用"的心情。毫不吝惜地产出虽然很可怕，可是没有出就没有进呀。这种决心的部分，还有身为创作者的态度和姿态，我都从田中老师身上学到了好多。所以……非常感谢您！

田中：哪里哪里，彼此彼此（笑）。

——听了这么多谈话，我相信两位的合作关系还会持续很长很长时间呢。

青山：我希望能够这样，希望能跟田中老师有更多的合作。为此，我每天都在坚持不懈地努力。

田中：今后请您继续关照我和妻子啦（笑）。

青山：当然了！愿我们的合作天长地久（笑）。

采访·整理：吉田大助

Tadaima Kamisama Toban
by
Michiko Aoyama

Copyright ©2020 by Michiko Aoyama
Original Japanese edition published by Takarajimasha, Inc.
Simplified Chinese translation rights arranged with Takarajimasha, Inc.
Through Pace Agency Ltd., China.
Simplified Chinese translation rights © 2023 by China South Booky Culture Media Co., Ltd.

著作权合同登记号：图字 18-2023-178

图书在版编目（CIP）数据

当值神明 / （日）青山美智子著；吕灵芝译 . -- 长
沙：湖南文艺出版社，2023.10
ISBN 978-7-5726-1313-5

Ⅰ . ①当… Ⅱ . ①青… ②吕… Ⅲ . ①长篇小说—日
本—现代 Ⅳ . ① I313.45

中国国家版本馆 CIP 数据核字（2023）第 127382 号

上架建议：畅销・日本文学

DANGZHI SHENMING
当值神明

著　　者：[日]青山美智子
译　　者：吕灵芝
出 版 人：陈新文
责任编辑：匡杨乐
监　　制：邢越超
策划编辑：韩　帅
特约编辑：王玉晴
版权支持：金　哲
营销支持：李美怡
封面设计：沉清Evechan
封面插图：[日]田中达也
版式设计：梁秋晨
内文排版：百朗文化
出　　版：湖南文艺出版社
　　　　　（长沙市雨花区东二环一段 508 号　邮编 410014）
网　　址：www.hnwy.net
印　　刷：三河市天润建兴印务有限公司
经　　销：新华书店
开　　本：855mm×1180mm　1/32
字　　数：168 千字
印　　张：8.25
版　　次：2023 年 10 月第 1 版
印　　次：2023 年 10 月第 1 次印刷
书　　号：ISBN 978-7-5726-1313-5
定　　价：54.00 元

若有质量问题，请致电质量监督电话：010-59096394
团购电话：010-59320018